勸你趁早喜歡我

葉斐然——著

-3-

目錄

CONTENTS

第十一章　看看誰比誰慘

高遠最近很有成就感，因為他發現自己是如此重要，幾乎每天都被朋友需要著，在接連幾天打電話給自己後，今天，傅崢又約了他一起吃飯。

只是不知道怎麼回事，自己這位朋友，今天看起來很鬱鬱寡歡。

「你怎麼了？社區工作有點疲軟了？要早點抽身入職嗎？」

傅崢搖了搖頭：「不用。」

「……」

高遠又試探性地問了幾個問題，可惜傅崢興致都不高，回答也都是單音節，他心裡顯然有事，但是又悶著沒說，而這一切，直到傅崢收到了郵件提醒，低頭拿起手機看完郵件後才得到改善——

他先是神色凝重眉頭緊鎖，但隨著時間推移，把這封郵件繼續看下去後，臉重新亮了起來，神色間一掃剛才的低落，甚至有幾分得意，一時間，高遠有了一個不恰當的聯想——如果剛才的傅崢像是落敗的公雞，那如今的他就像是重新振作準備的公雞，又可以繼續下場戰鬥了！

不過一封郵件就讓傅崢情緒大波動，高遠覺得自己理解了他此前的心情不佳——一定是工作上遇到了困境！

傅崢這個人從自己認識以來，就鮮少對私人的事有大的感情波動，能讓他如此煩悶的，想必是工作，這男人在事業上有一種狂熱的求勝欲，八成是什麼案子不順，因此煩躁，而如今收到了郵件，可能豁然開朗，又得到了客戶方的認可，因此揚眉吐氣。

高遠在心裡感慨，自己要向傅崢學習的地方，還有很多啊！

這種情緒為工作所動的專業度和執著，自己還差得很遠！

傅崢約高遠出來吃飯，確實是心情憂鬱，他想來想去，還是覺得不甘心。

自己兢兢業業隱瞞身分在社區工作了幾個月，寧婉訓他他也從不反抗，還積極主動幫忙解決案件，為了親民甚至放棄了一個高級合夥人的格調！結果寧婉還嫌他……

傅崢心裡那個「老」字還沒到思緒邊，結果手機「叮」的一聲，有了一封郵件提醒。

他抿唇點開一看，寄件者大剌剌地寫著寧婉。

自從上次的案件分析以來，他和寧婉就保持著特殊待遇輔導的郵件往來，寧婉每次回信給自己都挺快的，從最初的邏輯不縝密到如今對案例的分析更為全面，處理方式也更為圓滑，確實有很大成長，當然，每次回覆給自己都忍不住附帶吹一波彩虹屁。

這一次果然也不例外，在答覆之餘，寧婉又是竭盡所能地吹捧自己……

可惜這一次傅崢根本高興不起來，因為他越讀寧婉的彩虹屁，就越覺得不太對味——

『聽您一席話，勝讀十年書，您在這個案件上的見解真是太獨到了！令我受益匪淺！』

『您真是一位值得尊敬的老闆！』

『您的經驗真的很豐富！希望我到您的年紀，也能成為一名獨當一面的成熟律師！』

細細一品，這完全是下一輩對上一輩的恭敬態度！還到了您的年紀？傅崢心裡快要氣壞了，自己的年紀怎麼了？自己到底多大了？難道真的老得要入土了嗎？

寧婉雖然明面上恭維自己平易近人、職場菁英，還願意提攜下屬，可內心裡，這語氣之間，分明不也是覺得自己老嗎？

傅崢憋著氣，決定今晚不回寧婉郵件了，他實在沒這個心情。

只是再往下移，他發現這封郵件並不是一如既往以彩虹屁作為結尾的，寧婉在郵件的最後還有一段話——

『另外，我還想向您推薦我的同事傅崢，他畢業於美國知名法學院，專業履歷和教育背景都非常好，為人也踏實肯幹，即便是在社區辦理小案，也積極主動，非常敬業，學習能力也很強……』

『他對待同事也很好，人品可靠，專業能力也很不錯，如果您未來組建團隊，能否也考慮下他？方便的話我讓他之後把自己相關履歷寄給您？』

「……」

傅崢一邊往下看，一邊嘴角沒忍住，微微揚起來。

一碗雞湯有什麼？陳爍算個屁！

雞湯不過是表面形式上的東西，願意寫郵件給大Par內推，這才是真正的認可！

傅崢一時之間，心情立刻好了。

在寧婉心裡，果然自己才是最好的。

即便寧婉本人都還沒能成功加入「大Par」的團隊，但寧婉卻還願意把自己推薦過去，甚至不怕自己的履歷一下子過了進了團隊擠占掉一個名額，就衝這點，傅崢覺得，自己少喝一年雞湯也都是值得的。

何況律師，最重要的是懂得換角度思考，歷來待客之道，都是對客人更講究和拘謹，對自己人則更隨便些。寧婉給陳爍的雞湯多，可能就覺得陳爍是個新來的客人呢？而自己的雞湯少，說不定寧婉的內心覺得自己不是外人，因此稍微吃點虧，也無所謂，她甚至都沒和自己解釋，可見她相當信任自己不會為了一碗雞湯的多少就產生嫌隙，而陳爍的雞湯多，可不就是怕他少喝一口湯也要斤斤計較嗎？

孰親孰疏，當下立見。

傅崢輕飄飄地想，寧婉這個人，還是個可造之材，這眼光，還是可以的，在自己和陳爍之間，已經犀利地看出了自己的優秀，因此沒推薦陳爍，而是推薦了自己。

就衝這一點，傅崢覺得也該對寧婉有所獎勵，他開始不顧高遠，又再次編輯起回給寧婉的郵件。

高遠今天觀察著傅崢的一舉一動，難的案子解決後，傅崢眉眼果然都帶了笑意，只是他並沒有就此止步，此刻，他又再次微揚著嘴角開始回覆起郵件，那工作忘我的姿態，甚至把坐在他眼前的自己都忘了，然而高遠絲毫沒覺得被冷落，他內心敬佩地想到，傅崢這種工作起來渾然忘我的精神，果然我輩楷模，令人肅然起敬！

因為寧婉的郵件，傅崢重振了精神，第二天，他正好把姚飛和姚康那案子的資料證據都收集得八九不離十，又和盧珊從頭到尾梳理了下細節，才找到對方工廠人事進行談判，一如他的預料，談判相當順利，對方人事私自火化遺體隱瞞交通事故本來就違法並且有錯在先，事情敗露後也慌神得很，傅崢的談判方式一向足夠強勢，一個上午，很快就談妥了賠償方案，除了法律規定的喪葬補助金、供養親屬撫恤金和一次性工亡補助金，工廠還同意就自己的過錯和隱瞞，再支付姚飛一筆可觀的賠償款。

傅崢從郊區的工廠回到社區辦公室，此時辦公室裡一個人也沒有，陳爍因為總所還有些遺留的工作而去收尾了，寧婉則因為社區一個停車位糾紛而出去調停了。

傅崢看了寧婉空著的桌子一眼，本想讓寧婉看看自己是多麼有效率處理案子的，作為員工，很多時候自己做了什麼上級是不知情的，還需要懂彙報的藝術，傅崢本可以等寧婉回來後再當著她的面打電話給盧珊的，這樣絕對會給寧婉留下更好的印象，也更加分，對比陳爍很容易脫穎而出，但是傅崢想了想，還是不願意。

一個律師做事，不應該出於想得到上級首肯的初衷，而應該基於當事人的切身利益。這段時間以來，盧珊和飛飛借住在飯店，都還焦慮不安地等待著結果，自己每耽擱的一分鐘，對於他們而言可是抓心撓肺的煎熬。

傅崢因此想也沒想，第一時間聯絡了姚飛的媽媽盧珊，把事情的結果一一告知：「賠償事項已經都處理完了，對方另外支付的那筆賠償款要求和你們簽和解協議，協議我已經拿到了，你們什麼有空過來簽名，其餘款項也會在五個工作日裡支付，另外妳這階段帶著飛飛住在飯店的食宿費用，我也幫你們爭取了，也會由對方支付，妳退房時記得索要發票，留好收據。」

盧珊顯然沒想到事情解決得這麼快，愣了愣後，聲音有些哽咽：『傅律師謝謝你……謝謝你，你現在有空嗎？我現在就帶飛飛過去。』

「可以的。」

盧珊帶著飛飛住的飯店離社區辦公室不遠，沒過多久，她就紅著眼眶帶著飛飛上了門，傅崢還沒開口，盧珊就帶著飛飛跪在了地上——

「傅律師，真的太感謝你了，我在網路上查了很多工傷死亡賠償的案子，大部分人都花了大半年才拿到賠償金，沒想到你這麼快就能幫我和飛飛解決。」

即便被傅崢挽著起了身，盧珊還是忍不住掉眼淚：「這些日子以來，我真是心裡著急得不行，生怕這事就這麼算了，我只是個沒什麼文化的小老百姓，都不懂法律，也沒什麼錢請律師，要不是你，我根本沒辦法從工廠那拿到這筆錢。」

盧珊抹了抹眼淚，然後從自己隨身包裡掏出個紅包，就往傅崢手裡塞：「雖然現在賠償的錢還沒拿到，但這是我的一點表示，也不能讓你白幹活，真的謝謝你了，這點小意思還請你收下……」

傅崢自然拒絕，他死活不肯收這紅包，塞回給了盧珊：「留著以後買點東西給飛飛吧，從飛飛敲我買的那房子門的時候，可能就注定了我和這孩子有緣分。」傅崢說到這裡，蹲下了身，看著飛飛，「我們也算是住過一個家的人，是不是？」

傅崢強勢退回了紅包，然後把目前具體的情況都詳細講了一遍，才拿出和解協議：「這協議我看過了，沒問題，爭取的金額也在妳此前給我的底線之上，如果沒什麼問題，妳和飛飛可以在這裡簽名。」

盧珊千恩萬謝地點了頭，帶著飛飛簽了名。

可飛飛簽名簽到一半，就突然頓了下來。

盧珊有些急：「快簽吧飛飛，別耽誤人家傅律師的時間。」

飛飛卻徹底停下了手裡的筆，他抬頭看向盧珊：「媽媽，簽了這個名以後，我們還能住回去爸爸買的房子嗎？我們能住在那裡嗎？」

「那不是我們的房子。」盧珊眼眶有些紅，但聲音卻很果決，「飛飛，你爸爸造了假，媽媽不是和你說過了嗎？他從來沒有買什麼房子，不過是為了騙你和騙我的，你爸他就不是個好東西，那是他占了別人的房子！占了傅律師的房子！」

說到這裡，盧珊感激又愧疚地看了傅崢一眼：「也幸虧傅律師不計前嫌還肯幫我們維權，你以後不要再說這些話了，那房子不是我們的！你爸就是一個騙子！」

顯然盧珊此前早就和飛飛溝通過姚康的事，然而小孩子的世界裡沒有那麼複雜，不論姚康多差勁，在孩子的眼裡，總是天然的信任著父母，美化著父母，即便是現在，飛飛顯然還沒辦法接受自己爸爸造假和騙人的事，被盧珊一訓，眼淚啪嗒啪嗒就往下掉開始哭起來。

「媽媽，那我再也見不到爸爸了嗎？」

盧珊看著孩子這樣哭自然心疼，但姚康都死了，日子還得過下去，她作為女人，心裡對姚康既有些同情也帶了怨恨，如果他能好好過日子，當初沒去賭博的話，現在全家生活在一起別提多開心了，有房子有工作，可……

盧珊覺得不能讓飛飛沉溺在過去了，她咬了咬牙：「飛飛，不要再喊爸爸了，他不配當你爸爸，他根本沒做到一個爸爸應該做的事，如果不是他，我們家也不會就這麼散了，如果他不去賭錢……」

飛飛還是一邊抹眼淚一邊哭：「爸爸說他會改的……」

盧珊有些恨鐵不成鋼：「你這孩子怎麼說不通？你爸自始至終就沒改過！騙你不去賭錢了都是謊話！那個房子也騙了你，別再想著這樣的爸爸了，你這個爸有和沒有也差不多，以後我們好好過日子，你別再想他了！我們往前看！」

「可我沒有爸爸了……媽媽，我以後都沒有爸爸了。」

孩子的感情是最真摯的，他們的心思單純乾淨，即便父母是在工作中被上司怒罵沒有能力的普通人，還是根本做不好飯甚至談不上稱職的父母，或者甚至是像姚康這樣渾身毛病，騙人、賭博還賺不到錢的爸爸，在飛飛這樣的小孩眼裡，也是世界上最值得信賴也最好的人。

雖然盧珊那麼說，但到底是心疼孩子的，看著孩子的模樣，也忍不住掉了淚：「沒事，以後有媽媽，媽媽是超人，既是你的媽媽也是你的爸爸，以後你長大就懂了，你爸爸對你沒多好，別這麼難過……」

這個案子辦到這裡，已經是完美的結局，盧珊和飛飛母子得到了該有的賠償，所有的費用和損失也將由工廠承擔，因為工廠在偏遠郊區，作為一個免費代理的案件，傅崢其實已經花費了很多時間，這比他平時對待一些大的收購案親力親為花費的時間還要多。

只是明明到這裡就可以劃上句號收尾的案子，傅崢卻覺得自己還沒有辦完。

「盧女士，去和工廠談判的過程裡，其實我有搜集到了飛飛爸爸留下的一些遺物。」傅崢說著，打開抽屜，把一袋東西交給了盧珊，「這是他留在工廠裡所有換洗的衣物還有日記本，是我從他生前關係不錯的同事那裡要到的。」

姚康出事被私自火化後，本來黑心的人事經理是帶著人準備把姚康所有遺物毀屍滅跡的，也多虧姚康的幾個同事看不下去，偷偷把他留在儲物櫃的東西藏了起來，才得以保存，也成了證明勞動關係存在最有力的證據之一。

「雖然日記本是姚康生前的隱私，但因為涉及到和工廠的談判還有工傷申請事宜，我需要在裡面找尋姚康是被工廠派去出差，並且證明這場事故是工傷的證據，所以也大致翻閱了日記裡的內容。」

傅崢看向盧珊：「姚康曾經確實做錯過很多事，在房子的事上也騙了人，但我覺得妳或許應該看一下他的日記本。」

寧婉臨時被季主任叫去處理停車位糾紛，好在事情簡單，很快四兩撥千斤就處理完了，她想著傅崢出門辦飛飛的案子了，陳爍回總所了，辦公室裡一個人也沒有，因此急著往辦公室趕，只是趕回辦公室的時候，才發現傅崢不僅回來了，似乎也已經高效地解決了飛飛的案子，她走到門口時，見到的便是盧珊和飛飛簽名的情景，只是很快，飛飛就抹著眼淚想念爸爸難過地哭起來。

寧婉其實挺心疼小孩，但眼下傅崢辦得有條不紊，她既不想打斷他的思緒，也覺得此刻插進去也不方便盧珊和飛飛發洩感情，尤其此刻不僅飛飛哭了，盧珊也因為捨不得孩子而哭得很狼狽，如此衝進去不僅打斷當事人的情緒更會徒增尷尬。

因此寧婉便索性默不作聲地倚靠在門外，靜靜地等待著屋內當事人收拾完情緒再進去。只是她也沒想到，明明案子已經結束了，傅崢也已經拿出姚康的遺物和日記本交給盧珊了，但他並沒有就此結束。

寧婉不知道姚康的日記本裡寫著什麼，但盧珊翻開日記本的手已經微微顫抖了，低著頭，沒有說話，但寧婉卻能清楚地看到，她在流淚，眼淚正一滴一滴掉落到日記本上，把紙張打濕出一個個圓形的水跡。

傅崢平時是個眼神微微帶了冷質的人，然而此刻看向盧珊和飛飛的眼光，卻很溫和：「除了日記本，我其實還多此一舉做了點事。」

他說著，從抽屜裡拿出了錄音筆：「這個，是我在做調查取證時連帶著問的，採訪了姚康生前關係不錯的同事。」

他說完，按下了播放鍵，一陣嘈雜的背景音過後，辦公室裡就響起了錄音筆裡錄製下的聲音。

一開始是個嗓音微微沙啞聲線粗獷的男人：『姚康啊，姚康這人吧，喜歡吹牛，但人不壞，挺喜歡他兒子的，叫飛飛吧，成天飛飛短飛飛長的掛嘴邊，說以後要賺錢給兒子上大學，最好還要送出國留學，還要幫兒子買大房子以後娶老婆，說得跟真的似的，每天幹活累死累活，也就他還樂呵呵的，可能想著兒子所以才能撐下去吧，還出國呢，牛都要給他吹破了……不過他好歹有兒子了，老子到現在單身沒小孩，這幹活幹的都不知道為了什麼！』

接著播放的是個感覺更為年輕的男性聲音：『他為人還算仗義，我也沒想到怎麼就出這種事故人直接沒了，出差前他還和我說應該沒多久就要和老婆復婚，復婚了為了養家可能要換個工作也在準備跳槽面試呢，真沒想到會發生這種事……』

第一個第二個之後，又是第三個第四個……

『姚康之前跟我借過錢，這傢伙當時就成天賭錢，我猜是借了拿去賭，可惜沒回本，果然全輸光了，一直說著要還錢，但我也沒當真，畢竟借出去的錢，鬼都知道基本回不來，何況賭這個東西，有癮的，他就是有錢了也基本要去賭掉，聽說也是為了這個老婆才死活要和他離婚的……但是沒想到，姚康這人還真的挺厲害的，離婚以後說要改正，從那以後還真的堅持沒去賭錢。』

『我看他平時中午就吃點鹹菜配個饅頭，錢都省下來了，把欠我們幾個工友的債都還了，你別說，這小子真的挺有一股氣魄，這點我是佩服的，是條漢子，說到做到，本來我們都當他按著這個勁頭，改了賭錢的毛病趕緊好好存錢，以後日子不會差，結果……唉，所以啊，命不好……』

『挺慘的，雖然平時不太熟，但到底是活生生的人，怎麼說沒就沒了，姚康其實挺熱心，有次我買了個冰箱自己搬不了，他還特地來幫忙，留他吃個飯都沒要……』

一則又一則的錄音，聽得盧珊流起了眼淚，而飛飛則更是哭得不能自已——

「媽媽，妳聽，他們都說爸爸是好人，都說爸爸真的在改了。」飛飛用小手拽著盧珊，「媽媽，爸爸沒有那麼差，爸爸是真的想要改正……」

小小的孩子面龐上都淌著眼淚，然而眼神卻不一樣了，剛才盧珊恨鐵不成鋼怒罵姚康是個騙子後，飛飛明顯失望沮喪和難過的情緒居多，而如今聽了這些錄音，雖然他還是因為失去爸爸傷心地哭著，可眼睛裡的情緒已經不一樣了，像是那種對父親純天然的信任又重新回歸，小孩重新擁有了信仰般語氣堅定。

「媽媽，如果爸爸沒有死，爸爸一定會變好的，爸爸一定會陪著我的……」

盧珊早已經泣不成聲，姚康的日記雖然寫得詞不達意，字也足夠難看歪歪扭扭，但那上面，都清晰記錄著他每天存下錢的數額，而在他出事故前的一晚，他還在日記上寫著——

「『爭取早日得到老婆原諒，好好過日子，爭取早日把房子真的買下來，以前對不起老婆，以後復婚了要好好對她，生日買花給她，幫她做家務』。」傅崢輕聲道：「這是姚康寫的，他雖然做錯了很多事，賭博也沒有什麼可洗白的，但他確實有想改正，也確實意識到過去的自己犯了什麼錯。」

傅崢聲音淡淡的：「我做這些事不是為了幫他辯駁什麼，如今走到這一步，確實是姚康之前不知珍惜沉迷賭博的錯，妳也完全有理由有資格不原諒他，只是我覺得你們，尤其是飛飛，有權利知道這些事。」

傅崢說到這裡，蹲下了身，視線平視著飛飛，摸了摸他的頭：「飛飛，對你媽媽來說你爸爸可能不是個好老公，做爸爸的時候也不完美，但他內心是很在意你的，他很重視你，很想給你好的生活，很想陪著你長大，你的爸爸犯過錯，但他很愛你。」

飛飛早就抑制不住，撲到傅崢懷裡哭了起來。

盧珊也流著眼淚，明明剛才還攻擊過姚康就是個差勁的爛人，但這一刻，她還是把姚康那本日記本小心翼翼地收了起來，在餘生漫長的時光裡，寧婉不知道她會不會原諒姚康，但這一刻，她知道，盧珊一定對傅崢充滿感激和動容的。

姚康死了，飛飛沒有爸爸了，而傅崢已經為他們爭取到了該有的賠償，其實事情到這裡，傅崢作為律師的工作確實已經全部完成，然而寧婉站在門外，心裡湧動的卻是強烈的觸動。

傅崢是個非常非常溫柔的人。

雖然對於結果來說沒有變化，姚康不可能因為傅崢的任何舉動而復活，多數律師也根本不會關心這樣的死者生前的生活和狀態，然而寧婉知道，對於飛飛而言這意味著什麼。

他的爸爸到底是不是到死都在騙人賭錢從沒有反省，還是確實有悔過之心想要改正，別人不關心，甚至盧珊都未必有興趣探究，但真相對飛飛卻非常非常重要。

他一直信任的爸爸，是不是真的愛他，還是到死都是一個自私自利的騙子，對於孩子而言，是完全不同的意義。

姚康不是個完美的人，甚至因為他的欺騙給傅崢造成了麻煩，但傅崢最大程度上替姚康保留了尊嚴，努力維護了他作為父親最後的體面。

或許世界上沒人在乎姚康到底是個什麼樣的人，但在他的孩子眼裡，永遠在乎，因為不論一個爸爸多普通，在小孩眼裡，他可能就是世界上最厲害的人。

傅崢這一個「多此一舉」的小舉動，對於飛飛的成長來說，意義是完全不同的，姚康死了，但飛飛還能帶著對爸爸的緬懷帶著爸爸的愛繼續生活下去，等未來變成一個大人，心裡想起父親，也能帶著溫暖和愛意，而不是帶了怨恨和難過。

處理這樣的工傷案子或許並不難，幾乎每個律師都能做，但難能可貴的是，傅崢用了這樣溫情又帶了人文關懷的方式。

這從來不是律師的多此一舉，而是他內心溫柔的力量。

飛飛還趴在傅崢懷裡哭，含糊地喊著爸爸。

盧珊也泣不成聲：「傅律師謝謝你，謝謝你還願意多花時間調查告訴我們這些。」

「不管怎麼樣，姚康也值得更公平的評價。」

傅崢說著，抱起了飛飛，誠然如他所說，他確實不太擅長和小孩溝通，也不擅長和小孩接觸，抱著孩子的姿勢既不專業也帶了點不自然，然而即便這樣，寧婉也看得出，傅崢努力地想要做好一切，想要安慰飛飛，他有些不自然又生澀地摸了摸飛飛的頭。

「雖然難過了可以哭，但不能以後都一直哭，你也是個小男子漢了，以後也要學會照顧媽媽，知道嗎？」

飛飛的聲音帶了哭腔，但還是用力點了點頭：「知道了。」

傅崢一邊抱著孩子，一邊騰出手拿出了一個ＵＳＢ：「所有的音訊資料我已經拷貝好了，也留給妳和孩子當個紀念吧。」

盧珊真心實意地謝過，鄭重其事接過了USB，又再三對傅崢表達了謝意，才轉頭從傅崢懷裡接過飛飛：「走吧，飛飛，和傅律師告別。」

飛飛抹了抹眼淚，乖巧地和傅崢揮了揮手，只是剛準備走，小孩又重新轉身，然後跑回了傅崢面前，他看向傅崢，有些靦腆──

「哥哥，你能低下身嗎？我想送你個東西。」

傅崢聽到哥哥兩個字，愣了愣，隨即才點了點頭依言彎了腰。

飛飛害羞又飛快地在他側臉上啄了一下，然後才跑開：「傅崢哥哥，你是個好人，是個好律師，謝謝你。」小孩這才站到自己媽媽身邊，朝傅崢揮手，「我以後也要當一個和你一樣的律師。」

「……」

寧婉為了避免尷尬稍走遠了些，等飛飛牽著盧珊的手離開走遠，她才從外面繞了回去。辦公室裡果然只剩下傅崢一個人，然而和寧婉想像的不同，這男人一貫冷質、神情寡淡的臉上此刻卻帶了毫不掩蓋的笑意。

明明剛才被小孩親的時候一臉不自然的尷尬表情，但如今這男人竟然摸著自己剛才被飛飛親過的側臉在笑。

寧婉一直知道傅崢長得英俊，客觀來說誇讚對方一句容貌無懈可擊都不為過，然而寧婉第一次看著他的側臉有些愣神。明明只是普通的自然而然的笑，然而傅崢眼眸和笑意裡的溫柔卻讓人無法不心動。

在安靜的空氣裡，寧婉聽到了自己心跳加快的聲音。

即便只是個菜鳥，是個剛起步的大齡新人，一個職場上的傻白甜，家道中落卻還一身少爺病，除了長得帥點，其餘地方幾乎都算不上特別優秀，但這一刻，寧婉站在門外偷看著傅崢，卻覺得如今看他，好像哪裡都很完美。

也不知道是不是自己的心理作用，傅崢最近總能感覺到寧婉若有若無的視線，然而等自己一抬頭，寧婉又早已別開了腦袋，彷彿一切只是自己的錯覺。

但不管如何，傅崢對自己目前的生活狀態非常滿意，他仍舊用神祕大Par的身分每天和寧婉郵件往來，寧婉對案子的分析越來越老練，郵件裡各種真心實意的感謝和崇敬也溢於言表；而另一方面，作為社區律師，傅崢也覺得如今的工作越發上正軌，他確實在很短的時間內完全掌握了社區工作的祕訣，如今不論是電話諮詢還是實地諮詢，他都遊刃有餘，比陳爍老道多了。

薑還是老的辣，傅崢不無得意地想，自己好歹一個合夥人，即便是辦理雞毛蒜皮案子，融會貫通的學習能力也比陳爍強。

傅崢趁著這勢頭，搶著辦了好幾個實地諮詢的案子，又以法律與人情並重的方式調解了好幾個案子，包括物業費糾紛、戶主與保姆糾紛、房屋租賃糾紛，甚至還有同居情侶分手糾紛，總之在他的經手下，都於法有據於情有理地順利解決了。

自己如此有能力，寧婉未來得知真相後，肯定對自己既能辦理高端案件，又能辦理社區案件這種無死角的全能佩服得五體投地，而有自己這個參照物在，陳爍只會在這種對比下黯淡無光。

只可惜事與願違，因為搶著辦這些案子，傅崢便免不了在外調查取證或是溝通，等他終於解決完手頭最後一個案子回到辦公室的時候，才發現事態有點不妙——

「寧婉，這個案子，妳覺得我這個分析和邏輯有問題嗎？」

「這個呢，這個這樣處理有問題嗎？」

「剛才那個婚外情的糾紛裡，關於對孩子的撫養這塊，我認為是……」

「寧婉，這是我剛買的奶茶和布丁，是妳喜歡的口味。」

「寧婉，我剛遇到季主任，說有兩張電影票，今晚的，我想著別浪費了，今晚有空和我一起去看嗎？」

「……」

傅崢覺得整個人呼吸不暢了，原來自己在外面風裡來雨裡去的跑案子，結果反而給陳爍這人可乘之機和寧婉你儂我儂兩人世界，自己把案子和活都攬走了，陳爍這人坐享其成什麼事也沒有，索性放開手腳盡情在自己眼皮底下搞辦公室戀情了？

「今晚啊，今晚我看下。」寧婉卻並不知道傅崢的內心，她看了行事曆一眼，「今晚我本來想找小麗吃飯的……」她話說到一半，電話響了，寧婉看了一眼，抱歉地對陳爍道：「我先接電話，回頭再說。」

她說完，就跑到辦公室外面接電話了，辦公室裡便只剩下傅崢和陳爍。

傅崢原本以為陳爍準備光明正大和自己就業務能力進行競爭，然而沒想到這人還挺雞賊，業務上打壓不了自己，竟然趁虛而入了。

自己不應該和這種年輕人一般見識，不應該主動理對方，那完全是降低自己的格調，然而等傅崢意識到的時候，自己已經開口了——

「寧婉不是你學姐嗎？怎麼現在直呼其名了？」好在傅崢的聲音很平和，表情也很鎮定，他說完，看了陳爍一眼，「以前都聽你喊寧婉學姐，一下子變成寧婉，還挺不習慣的。」

寧婉寧婉，成天把寧婉掛嘴邊，寧婉和你有多熟嗎？

陳爍停下了手上的工作，抬頭看向傅崢，表情沒變，還挺燦爛，燦爛得都有些挑釁：「我們雖然不是同屆，但其實只差了半年，不像傅律師和寧婉差的年紀大輩分大，而且從高中開始我們關係就挺好的也挺熟的，我想了想沒必要每次都叫學姐這麼生分。」

「何況真要論資排輩稱呼的話，雖然傅律師年紀大，但工作時間短，還應該喊寧婉一聲寧老師啊？我也沒見你喊呢。」陳爍說到這裡，抿唇笑了笑，「當然，我也可以理解傅律師，畢竟你這樣三十歲的男人，要你喊一個二十多歲的女生老師，確實有點拉不下面子。」

「……」

年齡是不爭的事實，傅崢唯獨遇到這個話題，完全無力辯駁，他只能抿緊嘴唇，盯著陳爍。

「我回來啦。」也是這時，寧婉接完電話便走回了辦公室，她笑著看向陳爍，「對啦，你剛說的電影票是什麼電影呀？」

陳爍立刻換上了溫和的笑臉：「是《一往情深的小歲月》。」

幾乎是陳爍話音剛落，傅崢就拿起手機佯裝回訊息實際查詢起這部電影。

結果不查不知道，一查，傅崢心裡就有些微妙了。

《一往情深的小歲月》是一部最近上映口碑很不錯的電影，講述的是一對從高中時期開始曖昧的青梅竹馬鄰居，共同成長，彼此參與對方的人生，最終修成正果的愛情故事，而令人在意的是，這部小言情片，除了主打青春懷舊、懵懂初戀，還帶上了姐弟戀、辦公室戀情這些熱門新鮮元素，這對鄰居之間相差三歲，而男主角為了追尋女主角的步調，選擇了和女主角同樣的科系，並進入了同樣的行業領域……

傅崢往下翻到了影評區——

『讓人看了想戀愛！』

『和我青梅竹馬一起看的，原本就是死黨和朋友的關係，從沒想過別的，但看完以後我們走到了一起。』

『和一起看電影的人決定結婚了！』

「……」

一堆評論，也不知道是觀眾真情實感留的還是電影方行銷買的，總之映入傅崢眼簾的，看起來都有些刺眼。

陳爍這個人，業務不好好辦，在這些地方倒是挺有心機，而寧婉顯然並不知情，她還在糾結：「名字聽起來挺文藝的啊，但是難得小麗今晚不加班本來想和她一起吃個飯……」

陳爍推波助瀾道：「飯可以下次再約，找個時間我請妳和邵麗麗一起吃，電影票今晚不看可就作廢了，妳不去的話，另一張票不就白費了嗎？而且我已經訂了電影院裡餐廳的兩人位，當初大意了，沒和妳先知會聲，訂的那個餐廳是米其林的，很搶手，我找代訂的，現在代訂告訴我不能取消，取消了錢也不退……除了妳，問了一圈別的朋友都加班呢，也不知道還有誰能約出來一起去了……」

這話一說，寧婉果然露出了快要開口答應的表情……

也就在這千鈞一髮之際，傅崢開了口——

「我去。」

他抿了抿唇，言簡意賅，在陳爍殺人般的瞪視裡打斷了他的遊說：「正好我對這部電影挺有興趣的，既然你有免費票找不到別人一起去，那就我和你一起吧。」

「這太好了！」寧婉果然一臉皆大歡喜，「那我就約小麗了，她不加班的時間太難湊了，錯過這次不知道還要等多久，傅崢你和陳爍一起去的話電影票也不浪費，反正你們關係好，路上還能再交流下保養心得！一起吃個飯交流下感情，陳爍你工作上有什麼還能問問傅崢！」

「……」

傅崢一臉雲淡風輕，而陳爍幾乎已經有些咬牙切齒了。

一個下午，三個人又各自接了幾通電話諮詢，一晃眼便到了下班時間，寧婉和邵麗麗有約，因此背著包朝傅崢和陳爍擺了擺手就高高興興走了，辦公室裡便只剩下陳爍和傅崢。

陳爍心裡簡直快要氣到暈厥了，他知道傅崢不是個好東西，但不知道他竟然這麼讓人糟心，自己計畫得好好的，結果半路殺出這個程咬金，愣是把眼看著到手的和寧婉的二人世界破壞了。

結果這人絲毫沒有自知之明，如今鎮定冷靜地看了手錶一眼：「時間是不是差不多了？我們應該去你說的那家米其林了吧？」

陳爍本來計畫如果今天一路氣氛合適，還考慮趁機向寧婉表白，因此預訂的這家米其林也是下了血本，人均五千，他確實找了代訂提前了一個月才訂到，他也確實沒撒謊，這類米其林餐廳不能臨時取消，因為主廚採購的食材都是根據客戶人數來的，也講究時鮮……

陳爍期待這一天期待了很久，他甚至想像模擬了很多次自己和寧婉一起在這家高級米其林餐廳裡吃著飯的場景，他死活沒能想到，到頭來這頓飯竟然便宜了傅崢。

只是氣歸氣，事已至此，也只能從長計議，何況陳爍一直以來也不敢貿然向寧婉表白，生怕表白完了連做朋友都尷尬，如今只能安慰自己寧婉確實也不太開竅，不如慢慢鋪墊，未來再說。

而米其林自然是不能毀約的，還是得去，陳爍板著臉，一路一言不發開了車，而傅崢這個蹭吃蹭喝蹭車的，竟然還很自在悠然，全程也沒有和自己主動搭話的意思。

陳爍心裡簡直更氣憤了。他停好車，努力抑制著心裡的情緒，一言不發和傅崢前後走進餐廳。

這家餐廳氣氛很好環境優雅，來用餐的幾乎都是一男一女的情侶，而陳爍和傅崢這兩個年輕男人的組合果然有些清新脫俗的引人注目，尤其陳爍長得不差，傅崢的容貌則更是惹眼的出挑。

陳爍一想起本來和自己一起來的人是寧婉，就越發心情憂鬱，周遭的目光更讓他不適，傅崢倒是挺自如，等菜品上來，他拿起刀叉，那優雅用餐的樣子，彷彿一個天生的貴公子，裝得還真像。

兩個人彼此都沒有和對方說話的興致，只安靜用餐，氣氛一時之間相當詭異，只是很快，陳爍就意識到，運氣這件事，倒楣了是會一路倒楣的，彷彿還嫌棄自己和傅崢之間不夠詭異一樣，在用餐接近尾聲時，服務生「貼心」地送來了鮮花——大紅色玫瑰。

也是這時，陳爍的手機響了一下，他收到了一則簡訊，來自他的餐廳代訂——

『聽說你是為了表白，所以我和餐廳聯絡給了你一份神祕驚喜，表白成功記得下次再來光顧我哦！』

「……」

陳爍見鬼似地看向了紅玫瑰，他還沒來得及阻止，就見女服務生紅著臉有些害羞又遲疑地看了看他，又看了看傅崢，最後，對方顯然也不知道該把玫瑰給誰，索性直接把玫瑰放在了餐桌上，然後鼓起勇氣般真誠道：「祝你們幸福！」

「……」

「……」

女服務生送完花，顯然還在偷瞟等待這兩個英俊男人的互訴衷腸，可惜這是不可能的。

傅崢和陳爍之間的氣氛微妙極了，兩個人彼此看了一眼，都沒說話，只在死一般的寂靜裡繼續優雅用餐。

最終是陳爍先憋不住，他沒看傅崢，只低著頭洩憤般地用刀切著牛肉：「花不是給你的，是個誤會。」

傅崢沒有什麼特殊的表情，聲音冷靜：「嗯，但大紅玫瑰，其實有點俗。」他氣死人不償命地繼續評價道：「而且這太老套了，雖然我三十了，但我都不會用這麼老的方式，沒想到陳律師人比我年輕，作風倒是挺復古的，所以說有時候看人不能光看年齡，重要的還是心態年不年輕。」

「……」

要不是理智使然，陳爍真是氣得想用手裡的餐刀插死傅崢，自己此前的感覺果然沒錯，難怪第一眼就看他不爽，傅崢這個人真的相當討厭，在寧婉面前態度倒是很好，溫和謙讓講理，可這明明是假的！是裝的！

雖然心裡已經把傅崢毆打了一頓，但是表面上，陳爍還是強忍著情緒友好地笑了笑，兩個人各自用餐，動作都講究而優雅。

「是嗎？那還是傅律師人老心不老，不過既然傅律師對追求人這麼有新點子，怎麼到了三十歲還是單身呢？聽寧婉說，你是單身吧。」

「寧缺勿濫。」傅崢也切著牛排，紳士地笑了笑，「何況單身也沒什麼不好，畢竟遇到心儀的女生，要是不單身就沒辦法追求了。」

這話說得陳爍整個人都警覺起來了：「你是什麼意思？」

「字面上的意思。」傅崢動作優雅地把牛肉送入口中，「有些人雖然二十幾歲就開始想找女朋友，也發起攻勢追求，但又未必如願，很可能追到四十都還單身，雖然我三十單身，但也可能下一秒就脫單了，所以這種事沒什麼好比的。」

「……」

陳爍憋著氣和傅崢維持著虛假的塑膠同事情，明明是刀光劍影的對話，卻還是要裝作友善和氣，兩個男律師互相別苗頭可真是殺人於無形。

一頓飯畢，陳爍一言不發逕自起了身，電影院就在這家餐廳的樓上，兩個人直接走上去就行了，結果傅崢卻不緊不慢，他看了陳爍一眼，鎮定自若地提醒道：「你的紅玫瑰忘記拿了。」

「……」

「需要我幫你拿著嗎？」

可真是哪壺不開提哪壺，陳爍氣得要死，這怎麼能讓傅崢拿，自己和他兩個男人走在一起，他手裡還捧著紅玫瑰，這不暗示花是自己送的嗎？

送玫瑰給傅崢？下輩子吧！

陳爍抿緊嘴唇，一言不發從桌上拿起了花捧在自己手裡，可轉念一想，這也不行，自己捧著花，這不暗示玫瑰是傅崢送的嗎？這設定光是想想就讓陳爍起雞皮疙瘩。

他左想右想，最終只能冷著臉，把玫瑰花塞進了此前送花的服務生手裡：「送妳了。」

塞完花，陳爍才覺得神清氣爽，看了傅崢一眼，大步往前走去。

只是很快，陳爍就揚眉吐氣不起來了，他和傅崢一前一後走到電影院，才發現幾乎沒有例外，來看這電影的幾乎都是年輕小情侶，鮮少幾對也是兩個女生，陳爍和傅崢這種兩個年輕男人的組合簡直是太鶴立雞群也太引人注目了……

傅崢倒是一派自然，陳爍便也板著臉，頂著好幾個女生探究的目光和意味深長的視線，跟著傅崢一起檢票進了影院，只是身後幾個小女生的交頭接耳，卻讓陳爍有些不爽——

「哇，神仙情侶啊！兩個人都好帥，小受臉好臭哦！可能剛吵架呢，但小攻就很雲淡風輕，明顯很大度很包容，妳不覺得有一種，霸道總裁看著自己作精小嬌妻的寵溺感嗎？」

「是啊是啊，小攻這個身材顏值，男模既視感，難怪我找不到帥哥當男朋友，因為帥哥已經都有男朋友了。」

「受也不錯！雖然沒有攻那麼天妒人怨的帥，但也算水準上了，好養眼的組合哦！」

「……」

傅崢走在自己前面，因為距離遠，應該無法聽見身後人的嘰嘰喳喳，然而陳爍卻一字不落地聽到了，他的臉簡直是肉眼可見的更黑了。

憑什麼？

憑什麼自己在這些女生眼裡就長得比傅崢差一點？傅崢那長相，不就是一個精緻小白臉嗎？自己怎麼比他差了？

更過分的是，自己憑什麼是受？為什麼傅崢就能當攻？難道自己氣勢不比他強嗎？他就是個工作沒多久的菜鳥，不過仗著自己老，難道當攻還要看年紀嗎？

直到電影開始，陳爍心裡還是氣得不行。

這電影票自然不是季主任給的，是陳爍自己買了以後打了個招呼，假借季主任的口，實際是他花錢買的VIP情侶座，也是沒想到造化弄人最後竟然便宜了傅崢，只是這男人的臉皮倒是出乎陳爍想像的厚，如今坐在VIP沙發上，竟然還挺怡然自得，陳爍心裡煩躁又鬱悶，根本無心看劇情，倒是傅崢還一臉津津有味很享受的模樣。

這一晚，陳爍是流血又流淚，花錢又花力，結果便宜了傅崢心累了自己，而禍不單行，憋著氣看完電影回到家裡，陳爍一照鏡子，氣得差點當場昏厥，自己這一晚忍氣吞聲，心裡的氣發不出來，身體果然就會給出警示。

如今，陳爍的嘴唇就上火了，冒出了好幾個紅腫的包，他紅著眼睛瞪著鏡子裡因為上火顏值急速下降的自己，在心裡咬牙切齒地默念著傅崢的名字。

這人成事不足敗事有餘，陳爍下了決定，下次還是得找個機會把傅崢支走，有些事就不該讓這個人知道。

傅崢吃了免費的米其林，又看了不要錢的電影，還第一次體驗了VIP情侶至尊觀影體驗，雖然對象是陳爍，但總體體驗還是令人愉快。

再次上班，他更是神清氣爽，只是陳爍這次倒也沒再朝自己露出明顯的敵意，經歷了如此事件，他反而沉穩起來，變得喜不形於色了，接連幾天，他不僅沒在工作上和傅崢暗暗較勁，連口頭挑釁和眼神瞪視都沒了。

傅崢原以為他會越戰越勇屢敗屢戰，沒想到陳爍這人竟然就這樣偃旗息鼓了，這就像傅崢全副武裝等著對方進攻，結果下一秒對方竟猝不及防地投降了。

看來對寧婉的感情也沒多深刻，自己只是對陳爍的排擠敵意做了稍許反擊，這人就像癟了的皮球一樣跑沒影了，忍不住令傅崢感慨，年輕人果然沒什麼定力更談不上什麼堅持。

這麼一想，傅崢又替寧婉高興，畢竟自己這樣，替她排除了一個根本沒什麼恆心的追求者，也算日行一善。

「反正，那案子最後我覺得還是和對方談和解協議比較好，如果走訴訟的話……」

難得的週末，傅崢再次約了高遠，在一家高級的私人會所裡喝茶。

高遠不太過問傅崢的生活細節，但單從他喝著茶微揚的嘴唇來看，傅崢今天心情應該不錯，只是有些心不在焉，因為這已經是他第三次在高遠講案子時走神了。

「你有沒有在聽啊？」高遠有些無奈，「怎麼都不認真啊！你該不是有什麼心事吧？」

傅崢放下茶杯，鎮定道：「我能有什麼心事？」他笑笑，「沒心事，最近都挺順利的。」

「那你什麼時候以高級合夥人的身分回總所？」高遠嘟囔道：「本來不是說好了下個月

就回去嗎？拜託你早點加入行嗎，我快被其餘幾個高級合夥人煩死了，成天給我施壓，你要是加入了趕緊給我接客給我收入，堵上那幾個高級合夥人的嘴。」

傅崢幾乎想也沒想：「再過一陣。」

這下高遠不滿了，他抬高了聲音：「你社區案子不是已經辦得遊刃有餘了嗎？該學的親民操作也學了，該經歷的體驗生活也經歷了，社區還有什麼吸引你的？」

傅崢掃了高遠一眼，一本正經道：「哦，就覺得社區還有很多案子的細節值得學習探討，而且我在的話，能幫助寧婉解決不少積壓的案子。」

「可我最近都把陳爍派去了啊，有他在案子也不該有多積壓吧……」不過剛說到這裡，高遠就一拍腦袋如夢初醒般否定了自己，「也對，陳爍忙著追人談戀愛，心思就不在辦案上，尤其年輕人一旦陷入熱戀，每天還抬頭不見低頭見的，很容易看著心上人就茶飯不思完全工作不進去，心裡盡想著戀愛。」

傅崢扯了扯嘴角：「不至於，年輕人的愛來得快去得也快，應該已經沒有戀愛的想法了，最近工作挺安分守己。」

高遠臉上露出了佩服的表情：「想不到陳爍這年輕人做事還挺穩的，並沒有因為戀愛影響工作，挺有定力。」他忍不住感慨道：「陳爍這小夥子也挺公私分明的，追人這種事都是私下時間來……」

傅崢本來有些心不在焉，一聽這個，倒是有些意外，他看向高遠，皺眉追問道：「他私下追？什麼意思？你聽到了什麼風聲？」

高遠點了點頭：「這小子還挺有小心機的，聽說今天特地籌組了籃球賽把寧婉叫去幫自己加油呢……昨天我在總所的時候見到他正在拉人，都特地找了幾個也喜歡打球的去陪襯，也挺會做人，先請他們吃飯，應該也都拜託清楚了，讓人家到時候球賽上稍微放放水呢。」

高遠一臉感慨道：「看看人家，多靈光的頭腦，男人最帥的時候是什麼時候？當然是打籃球萬眾矚目的時候！把寧婉約來，在場下當自己的啦啦隊，自己則馳騁全場，在其餘隊員的襯托下大放異彩，我要是女的，我也會瞬間被這種揮汗如雨的荷爾蒙捕獲了！現在年輕人的思緒真是活躍啊……」

「想想年輕可真好啊，那種初戀的感覺，那種怦然心動的瞬間，那種為一個女孩耍心機的無師自通……」

說者無心聽者有意，高遠話還沒說完，傅崢就打斷了他：「在哪？什麼時候？」

「什麼？」

傅崢語氣平靜，裝作自然地將眼神瞥向了別處：「就陳爍打籃球約在什麼地方什麼時間？」

高遠下意識道：「聽說是下午三點，在哪個體育館的籃球場？是新風體育館還是真和體育館，我忘了……」

高遠本以為傅崢只是沒話找話的隨口一問，然而自己這樣答完，對方竟然絲毫不滿意，並且咬定不鬆口般追問了下去：「到底哪個體育館？」

「我怎麼知道啊。」高遠打了個哈欠，「我也就隨便聽了那麼一嘴。」

「除了陳爍，所裡還有誰參加？」

「好像有林盛吧，他是我團隊的，我記得上週下班時還和我說了聲呢。」

「打吧。」

「？」

高遠一臉疑惑地看向傅崢：「什麼？」

傅崢清了清嗓子，移開了目光：「打電話給林盛，問清楚籃球賽具體在哪裡舉行。」

沒等高遠回答，傅崢便立刻打補丁一樣補充了自己的解釋，「挺久沒打籃球了，我也挺想打，你問清楚在哪裡，趁著還有時間，立刻趕過去還來得及一起打。」

「？？？」

高遠頭上一腦門的問號：「雖然你籃球打得不錯，但什麼時候喜歡打籃球了？不是嫌棄這種運動太沒格調運動完又渾身汗味嗎？說只有沒見過世面的年輕人才會選擇去打籃球，你自己這幾年不是都熱衷打高爾夫？說成功人士都打高爾夫啊？」

傅崢抿了抿唇，語氣有些不滿：「我也很年輕。」他頓了頓，強調道：「所以我覺得打籃球也沒有不符合我的氣質，而且籃球是一項團體運動，很容易在這種運動中和隊員培養出默契感，我想了想，這次和陳爍一起打球的，都是所裡的年輕律師，我提早和他們打成一片，了解下他們每個人的性格特點，對我以後挑選團隊成員和管理所裡的人事也有好處。」

雖然聽起來很有道理，但高遠總覺得怪怪的……

但高遠也沒時間多想，在傅崢的催促下，他打了電話給林盛，然後給了傅崢答案——

「是真和體育館，三點。」

傅崢抬頭看了下腕錶，真和體育館離這家私人會所有一段距離，要非常趕才能趕上三點這場籃球賽。

今天是高遠開車接傅崢的，此刻高遠一把拿起大衣：「走走走，別愣著，時間有點趕。」

傅崢卻沒跟著，只是朝高遠伸出了手：「車鑰匙。」

「你來開車？我坐著？」

「嗯，我開車，你在這裡坐著。」

高遠愣了愣，才反應過來：「你說你開著我的車去，讓我在會所繼續坐著？難道不應該叫我一起和你去籃球賽嗎？雖然我運動不太行，可我可以幫你吶喊助威啊！」

「不需要。」傅崢笑笑，給這段塑膠友情正式蓋棺定論，「你的身分是合夥人，跑去看所裡年輕律師打籃球搞得人家不自在，而且你和我一起出現，寧婉看到了影響不太好。」

第一個理由還能理解，第二個是什麼鬼？自己和傅崢一起出現為什麼寧婉看到了影響不好？

直到傅崢拿著他的車鑰匙離開，高遠才終於反應過來：「欸！你開走我的車！那我怎麼回去啊傅崢？！」

「搭計程車。」回答他的是傅崢的冷酷無情，「計程車費幫你報銷。」

「……」

高遠望著自己車的尾氣，嘆了口氣，要不是自己知道傅崢是趕著去打籃球，就他行色匆匆的模樣，還以為他是趕著去開一個億目標額的庭呢，也不知道他什麼時候愛上了籃球……

其實寧婉今天本來不太想出門，但陳爍實在邀請了好幾次，可憐兮兮直言如果寧婉不去，自己連個加油的啦啦隊都沒有。

「學姐妳要是有事的話也沒關係，就是我們那幾個一起打球的林盛之類的，都有女朋友或者親妹妹去加油助威，我要是沒個加油的感覺有點沒面子……我自己也不認識什麼女生，就想著妳有空就約妳一起，反正都是所裡的同事，妳也都認識，打完籃球我們可以一起吃個飯什麼的。」

陳爍都這樣了，寧婉覺得自己實在不好意思拒絕，於是最終，她放棄了週末癱在沙發上的懶惰生活，還是穿著休閒裝跑來了籃球場。

只是沒想到真的到了籃球場，看著所裡其餘幾個男同事脫下西裝換成了球衣，倒還挺新鮮，以前沒注意，現在一看，幾個男同事的身材竟然都鍛鍊得不錯，其中最令寧婉驚訝的就是陳爍了，他竟然是穿衣顯瘦脫衣有肉的類型，腿部肌肉線條非常有型，個子又是幾個打球的男同事裡最高的，長得也陽光帥氣，很鶴立雞群。

也是這時，在拍著球熱身的陳爍朝寧婉望了過來，他擦了擦汗，一臉燦爛：「寧婉，等等要好好幫我加油啊！」

寧婉笑著揮了揮手：「知道了知道了。」

她心裡有些失笑，其實陳爍這傢伙根本不用擔心沒有啦啦隊，籃球場是開放空間，周邊還有羽毛球場和網球場，陳爍這個長相，此刻也已經吸引了不少在旁邊打羽毛球的年輕女孩駐足旁觀，大概等球賽真的開始，自發就會有民間啦啦隊。

寧婉和其餘幾個同事的親友隊坐在一起，她提前買好了水還帶了小毛巾，準備做一個稱職的吶喊助威人，只等陳爍中場休息遞水遞毛巾給他了。

如今場上已經開始了熱身賽，不得不說，陳爍打起球來還挺帥的，平時看起來為人挺溫和，沒想到到了你爭我奪的球場上，陳爍卻極具攻擊性，幾個分騷走位甩開了另一隊的隊員，帶球直接一個灌籃。

「好帥啊！」

「灌籃好帥！」

現場此起彼伏有了驚嘆聲，球場周圍還有些女生直接掏出了手機拍照，陳爍一時之間風頭無兩，他灌完藍，吊在籃球框上晃了晃，朝寧婉笑著比了個勝利的V，這才跳下來，撩起球衣下擺擦了擦汗，然後重新奔跑。

「啊啊啊啊，腹肌！」

「這男生身材真好啊。」

「他剛往我們這邊看還比V欸。」

陳爍也挺能耐，瞬間就俘獲了寧婉身邊幾個坐著圍觀的女生，對方嘰嘰喳喳討論起陳爍來——

「妳說他有沒有女朋友啊？」

「妳想下手？」

「萬一單身的話想去要個聯絡方式啊，但是生怕人家已經有女友了，自己無意之間還破壞人家感情……」

寧婉聽了一下，沒忍住，轉頭笑了笑：「他是單身，我學弟，叫陳爍，律師，人不錯。」她朝兩個女生擠了擠眼睛，「所以想追就去追好了。」

贈人玫瑰手有餘香，寧婉看著兩個雀躍的小女生，一時心裡也有些失笑，她重新轉頭看向了籃球場，陳爍還在場間奔跑，又青春又恣意。

很快，熱身賽結束，再休息下就要進入正式比賽了。

而也是這時，令寧婉非常意外的，她看到球場入口，傅崢竟然來了，他同樣穿了一身球衣，平時給人的感覺總是冷靜疏離和沉穩，如今不論是他線條乾淨俐落的側臉，還是高大的身材，都帶了一種少年感的新鮮。

陳爍確實長得挺不錯身材也好，但傅崢同樣往球場一站，陳爍就有些不夠看了。

傅崢週末竟然也會來打籃球？

寧婉忍不住站了起來，她朝傅崢揮了揮手：「傅崢！」

傅崢見了她，意外般的愣了愣，然後微微笑了下，朝寧婉走來，陽光而英俊，他那張臉長得太有殺傷力，那含笑又專注看向寧婉的目光晃得寧婉都有些不好意思直視。

「這麼巧？妳也在球場？」

如此近在咫尺的距離，傅崢的吐息在空氣裡彷彿醞釀出微妙的波痕，而寧婉甚至感覺自己能感受到那種細小的空氣流動和聲波傳導，傅崢的存在感太強了，強到寧婉覺得周身所有自然元素都因為他而產生了微妙卻複雜的變化。

而此刻他離寧婉太近了，傅崢穿著寬鬆的球衣，身上是陽光的印記，然而和別的年輕男孩子不一樣，他身上並沒有洗衣粉的味道，取而代之的是男士淡香水味，隱隱約約若有似無，讓寧婉想到雪後的松柏，挺拔乾淨清冽，但又穩重成熟內斂，鮮明而獨特，仍舊充滿活力仍舊有少年感，然而並不只是少年，是一個成熟的、身體裡醞釀著力量的成年男性，擁有的是年輕男孩子所沒有的魅力。

只是一句簡單的問話，傅崢臉上的表情明明很正直，但是寧婉卻有點臉紅，他或許根本沒意識到，剛才微微低頭湊在自己耳邊，那距離太近了，近得都突破了寧婉的安全距離，當然，寧婉負責任地想，傅崢一定是無意的，畢竟他的臉色鎮定自若，說完話，也很快離開了自己的耳畔。

「陳爍來打球，我過來幫他加加油。」

傅崢露出了些許意外：「那真是巧。」他循著寧婉的眼神看向了球場，「我本來正愁找不到隊友，只想一個人過來投投籃的，如果陳爍在那正好……」

也是這時，本來在球場上休息的陳爍也注意到了傅崢，他幾乎是一看到傅崢，二話不說，拋下還在和他聊天的林盛，就快步朝傅崢走了過來。

陳爍和林盛是同期入職的，年齡又相仿，興趣愛好也很多一致，因此關係一直以來特別好，但沒想到關鍵時刻，卻是認識時間很短的傅崢占據了陳爍心裡最重要的位置，一見到傅崢，陳爍就拋下林盛了……

果然，人和人之間的友誼和愛情一樣非常微妙，才不講什麼先來後到，後來也能居上。

寧婉內心感慨道，沒想到傅崢和陳爍已經這麼要好了，果然一起吃米其林和看電影後兩個人的關係就得到了昇華，往後三個人一起辦公，可能這兩人之間，都沒自己的立足之地了，畢竟男人之間的愛好和話題更趣味相投……

陳爍果然第一時間走到了傅崢面前，他微微皺著眉：「你怎麼來了？」

「正好也想來打球。」傅崢雲淡風輕地看了陳爍一眼，「沒想到還挺巧的。」

「不太巧呢。」陳爍盯著傅崢，語氣帶了點遺憾般，「雖然遇見了是挺巧，但我們這場球賽兩邊人都滿了，可能沒辦法邀請你一起打了，你別浪費時間，去附近另外一個球場看看吧，那邊好像還缺人。」

傅崢倒是不急不慢：「沒關係，我就和寧婉在這裡一起等好了，何況萬一你們需要替補呢？」

陳爍大概是怕傅崢等得久，特別急切，語氣甚至有些隱隱的激動：「我們應該用不上替補！你別在這裡乾耗著！不值得！」

寧婉都有些感動了，傅崢為了能和陳爍一起打球情願當替補甘願坐冷板凳，陳爍卻不捨傅崢浪費時間貼心指點他去別處，雖然不知道自己到底錯過了什麼，但陳爍和傅崢之間這種彼此體貼互相關照設身處地為他人著想的友情，真是非常令人感動！

陳爍沒再勸說傅崢，只是看著他，然而也不知道是不是剛才熱身賽運動太劇烈了，陳爍的臉色肉眼可見的變得越發不好看，不好看到寧婉也有些在意——

「陳爍，你是不是哪裡不舒服啊？臉色這麼差，要是不行你讓傅崢代你上場算了。」

結果自己這麼一說，陳爍臉色更不好看了，但語氣卻很堅持：「沒事，我挺好的，不可能下場換人，正常比賽我會打到底。」

那這臉色這麼黑……寧婉誠懇地想了想，一定是陳爍最近晒黑了自己沒注意。

「陳爍，快來！馬上就開始啦！」

大概心裡十分重視傅崢這個朋友，陳爍顯然還有什麼話要講，然而那邊球隊隊員已經在喊他，他只能再深深看了傅崢一眼，帶著一種心不甘情不願的表情離開了傅崢身邊。

而對於陳爍的依依不捨，傅崢倒是挺淡然，他也沒說什麼，只坐下來，然後拿出手機看起來像在傳訊息。

寧婉有些不忍，都穿球衣來了，打不到球豈不是怪可惜的，於是規勸道：「要不然你去別的球場看看吧，說不定別人的場地那還沒滿人呢。」

可惜傅崢倒是挺篤定，他朝寧婉笑笑：「沒關係，我替補。」

「可隊伍裡未必會有人中途下場啊！你可能要全場坐冷板凳了，難得週末來打球，這樣都沒能運動到。」

只是即便自己這麼勸說，傅嵘還是挺平和，也不知道是自信還是自我安慰，他平靜道：

「不會的，會需要替補的。」

「……」

而另一邊，高遠終於在漫長的等待後上了計程車，這次選擇的私人會所相對偏僻，高遠等了好久才終於叫到車，結果剛上了車，傅嵘的訊息就來了——

『安排點工作給林盛。』

「？」

高遠還沒疑惑完，傅嵘的第二則訊息就來了——

『要那種立刻就得回去加班的工作。』

接著是第三則第四則——

『標一下 urgent。』

『告訴他半小時內一定要回饋。』

「？？？」

大概是等了片刻還沒等到高遠的回覆，很快，傅崢又傳了第五則訊息給他——

『我可以免費幫你做一個破產案諮詢，只需要你五分鐘內安排工作給林盛。』

成交！！！

高遠完全不好奇傅崢的動機，也不想知道林盛和傅崢之間到底怎麼了，這和他有什麼關係呢？不過是賣了自己團隊的下屬而已，就可以得到傅崢的免費指導和諮詢，這不是一本萬利的事嗎？還有什麼好猶豫的？

他當即拿出手機，為了彰顯工作的緊急，清了清嗓子後一本正經就打了電話給林盛。

陳爍只覺得最近真的該去廟裡拜拜，實在是流年不利，為了避開傅崢特地私下找了寧婉，結果這男人陰魂不散似的竟然又出現了！還穿了球衣來了同一個球場，世界上真的有這麼巧的事嗎？

更讓陳爍沒想到的是，更大的巧合還在後頭，臨到上場，作為對手隊隊長的林盛突然接到了他老闆高遠的電話，說有個緊急工作，十萬火急必須立刻完成，林盛不得不直接告辭趕回家開工，以至於他們隊缺了一個球員⋯⋯

「傅崢！你真的料事如神啊！」在陳爍的視線裡，寧婉一臉高興地拍了拍身邊的傅崢，

「林盛正好臨時有事走開，幸好你在，否則這球賽還得再找人替補。」

她說完，笑容燦爛地看向陳爍：「太好啦，你們可以一起打球啦！」

好什麼好？自己根本不想和傅崢一起打球！

陳爍心裡咬牙切齒但面上還只能報以溫和一笑：「嗯！」

他覺得如果自己是那種武林正派，傅崢就是魔教中人，偏偏這個魔教徒還裝作正道人士，憑藉著一張好臉和一派好演技把單純群眾哄騙得好好的，而陳爍則像個孤獨的大俠，被傅崢這歪門邪道都打成內傷了，還得打掉牙齒和血吞，即便想狀告天下這不是個好東西，也知道說了於事無補，沒人會信自己……

他只能眼睜睜看著在寧婉期待的目光裡，傅崢微笑著朝自己走來。

對於傅崢不用在旁邊坐冷板凳，寧婉還是十分滿意的，畢竟這樣一來，陳爍也能得償所願和自己的好朋友一起打球，寧婉也更能物盡其用——自己能一起幫兩個人加油了。

只是很快，寧婉也陷入了矛盾，因為她發現，陳爍和傅崢不是同隊的，每次傅崢進球，都是陳爍那隊防守失敗了，可理論上來說，她是陳爍請來的啦啦隊……

幸好傅崢比自己大，一定比陳爍更成熟，絕對不會介意這種事，寧婉這麼一想，很快放下心來專心看球。

與以往不同，球賽一開始就很激烈，原本在熱身賽中大放異彩的陳爍，此刻遇上傅崢，卻討不到什麼便宜。

傅崢原本就比陳爍高大，平時工作時兩人鮮少站在一起，這種對比還不明顯，如今球場上當面對峙，身高差就很明顯地顯現出來，而原本單獨顯得身材很好的陳爍，在傅崢面前，就稍微遜色了——陳爍的身材更偏向亞洲人，雖然也有肌肉，但整體給人印象仍是瘦和高，然而傅崢不一樣，他很高皮膚也很白，但沒有那種清秀的感覺，明明臉長得算是秀氣精緻型的，然而身材卻完全不是這個風格，他的身形看起來更偏歐美，肌肉比例恰到好處，比起陳爍來更有力量感，雖然沒有比陳爍大太多，然而年齡上的優勢很好地表現在了他周身的氣質裡——他像是陳爍的最終進化版，擁有更強大和更完美的能力以及外觀……

「這個男生好帥啊！比剛才那個更帥！」

「球也是他打得更好，灌籃起來比之前的還輕而易舉，感覺隨隨便便投籃都能中，整場球賽都遊刃有餘的感覺啊。」

身邊兩個剛還迷戀陳爍的女孩子顯然立刻倒戈了，兩人嘰嘰喳喳聊了半天，紅著臉看向了寧婉：「姐姐，我看妳也認識這個男生，剛才還在妳旁邊和妳講話，能告訴下我們他的名字嗎？是不是也還是單身？」

這變心的速度未免太快了吧……剛才不是還說對陳爍情竇初開一見鍾情嗎……這還沒過多久就移情別戀傅崢了？

「……」

這兩個女生問陳爍資訊時，寧婉幾乎沒有多想就告訴對方了，然而現在輪到傅崢，寧婉從裡到外都很抗拒，等自己意識到的時候，她已經回答了對方：「他不是單身。」

這兩個女生果然露出了失望遺憾的表情：「唉，果然有女朋友了……」

「……」

寧婉幾乎是下意識的撒了謊。

傅崢明明還是單身，也明明知道自己這樣做應當是不正確的，但彷彿在寧婉的理智占據高地之前，她的情緒已經衝動地替她做了決定。

後面這兩個女孩還說了什麼寧婉沒再注意，她心裡總還有些煩躁，但想來想去，她自我安慰道，自己這不算擋了傅崢桃花吧？也算有理有據吧！畢竟這兩個女生見一個愛一個完全只看臉，也根本不是什麼可靠的，說不定還沒有肖阿姨的愛來得實在呢！肖阿姨一開始嫌棄傅崢年紀大，好歹是接觸後才感受到他的人格魅力呢！怎麼說也算是實實在在欣賞傅崢這個人，而不是只看臉。

傅崢這麼好，如果找個女朋友是只看臉的，也太浪費了，與其便宜外面的女生，還不如肥水不落外人田，勉為其難便宜下自己呢。

寧婉被自己這個突如其來的想法嚇了一跳，很快就告誡自己，自己不能做這麼禽獸的事，仗著自己是帶教律師，如果利用優勢地位對傅崢這樣那樣，豈不是和高遠半斤八兩了？

不過沒事，自己只是隨便想想，想想又不犯罪。

這麼一思忖，寧婉心裡又踏實了，心情也好了，她重新專注地看向了球場。

只是作為陳爍的後援團，明明應該看陳爍的，然而寧婉的視線卻不自覺被傅崢所牽引——

陽光下，球場上傅崢在帶著球奔跑，他的嘴唇微抿，頭髮隨著跳動的節拍而飛揚，眼睛明亮，白皙的臉上帶著運動過後的紅潮，腿部線條緊繃而流暢，像是蓄勢待發的獵豹，舉手投足裡每一個細節彷彿都帶了荷爾蒙的味道，即便是微微彎曲的膝蓋和奔跑中一晃而過的腳踝，竟然也讓人覺得十分性感……

冷靜！冷靜！

寧婉狠狠打斷了自己的思緒，她重新把目光從傅崢身上移回來，看向了陳爍，此刻陳爍拿到了隊友傳來的球，突破了對方一名隊員的包圍，動作標準眼神專注，正準備投籃……

只是下一秒，傅崢便「橫刀奪愛」般的一個走位，生生截斷了陳爍的投籃，陳爍皺眉突圍，逕自撞開傅崢跑向了籃球架，縱身起跳準備放棄投籃選擇灌籃，他的氣勢恢宏咬著嘴唇很有勢如破竹的味道，然而也幾乎是同時，傅崢也跳起攔球，在陳爍扣球時手腕迅雷不及掩耳地往下壓制，陳爍原本一個近在咫尺的灌籃就此終結，球在傅崢力量下反彈偏離了籃框，而傅崢的隊友搶到球後又再次傳給了傅崢，傅崢帶著球，衝破了陳爍的防守，反身給出了一個漂亮的超遠三分球……

「好棒！！！」

「超帥！」

「加油加油！」

身邊幾個傅崢的新晉顏粉幾乎是立刻站了起來，寧婉也被這氣氛連帶，等她反應過來時，自己已經站起來在為傅崢叫好了。

只是傅崢的快樂是建立在陳爍的痛苦之上的，此刻陳爍瞥了寧婉一眼，雖然沒有責備，但那種失落是難以遮掩的。

然而傅崢看向寧婉的眼神就燦爛多了，他原本沒有特殊表情、英俊到冷感的臉上突然漾出了笑，黑亮的眼睛穿越人群，只盯向寧婉，明明為他加油助威的人那麼多，但彷彿那些都是背景板，而寧婉才是唯一主角。

傅崢的笑意很輕淺，也幾乎轉瞬即逝，他又看了寧婉一眼，很快便轉頭再次投入到激烈的球賽當中，然而傅崢能心無旁騖地繼續，寧婉卻覺得自己彷彿被困在了傅崢笑的那一刻。

球場明明很嘈雜，但寧婉卻覺得一切聲音都靜止了，她只聽得到自己胸膛裡心臟劇烈跳動的聲音……

這個剎那，好像理智都拋到了腦後，也無法再顧及到陳爍的心情了，寧婉覺得自己好像變成了一個單細胞動物，一次只能想傅崢這一件事。

球賽的後半場，她都有些心猿意馬，即便內心暗暗告誡自己要多關注陳爍，然而還是不自覺會去關注傅崢……

最終，幾乎毫無懸念的，傅崢那隊贏得了比賽。這一場比賽，幾個年輕的男同事顯然也都覺得很酣暢淋漓，原本沒怎麼見過傅崢的男生，都和他擊了掌。

一場運動很容易讓人親近，因為運動裡人往往表現出的是最真實的性格，傅崢球技好，但也不過分炫技，在對局勢的把控和力挽狂瀾之下，也沒有把球賽變成個人表演賽，在前半場占據了絕對優勢後，下半場他幾乎都把投籃的機會讓給了隊裡的其餘隊員，是個很會照顧所有人情緒的人，讓隊伍裡幾乎每個選手都有機會參與和表現，最終不僅取得了壓倒性勝利，傅崢那隊裡每個人也都打得很暢快。

「傅崢是嗎？下次繼續一起打球啊。」

「你打球真厲害！」

「來，加個聯絡方式，下次再約！」

幾乎每個人都拍了拍傅崢的肩膀表示了認可和友好，陳爍看著這一幕，心裡簡直五味雜陳，原本計畫用這場球賽在寧婉面前大展風采的，沒想到傅崢竟然半路攪和進來，自己不僅沒表現上，甚至完全被遮蓋在對方的光芒之下。

但陳爍是個沉得住氣的人，寧婉正從觀眾席走來，他調整了下表情，在寧婉走到面前時輕輕拍了拍傅崢的肩：「你打得真好。」

陳爍真心實意豔羨般看了傅崢一眼，轉而就低下頭，有些失落和愧疚：「和你一比，我打得太爛了，害我們隊一起受累。」

寧婉這人心軟，又特別看不得別人低落，果不其然，陳爍這話剛下去，寧婉原本看向傅崢的眼光就徹底收了回來，轉頭看向了陳爍：「你說的什麼話呀？球賽嘛，本來就有勝有負，又不是專業球員，當然偶爾也有發揮不穩定的時候，說不定下次就是你贏傅崢了呀？」

寧婉心無旁騖地笑笑，看了傅崢一眼：「是吧傅崢？」說完就把手裡的礦泉水一人一瓶塞給了傅崢和陳爍。

傅崢有些嘲諷地看了陳爍一眼，隨即斂了目光，再抬起來時，他的神色又變得十分溫和，看起來像個完全沒脾氣的老好人，朝寧婉點了點頭：「嗯，陳爍也打得很好，他現在打得不如我，可能只是因為比我年輕，球場經驗沒那麼豐富，過幾年就能追上了。」

陳爍氣得咬牙切齒，繃著情緒隱忍道：「你說得沒錯，但是有一點我也挺擔心的，因為打球這種事，其實也講爆發力和體力，你看球員也是年紀一上去，巔峰狀態就沒辦法保證了，年紀一大，再打球，光有經驗也不行，身體機能不行就開始走下坡路了。」

只是陳爍沒想到，傅崢等的彷彿就是自己這一句，他藉著陳爍的話頭就順竿爬了——

「陳爍講得沒錯，所以我也很擔心，未來我也打不上幾年球了……」傅崢嘆了口氣，看向寧婉，也很惆悵低落的模樣，「而且其實我以前戶外運動扭傷過腳踝，理論上也不能進行太過劇烈的運動……」

「你腳踝有舊傷？！」寧婉抬高了聲音，果然有些焦急，「你怎麼不早說，有傷的話其實最好少打球，你哪隻腳？有沒有事啊？」

「……」

果不其然，寧婉的注意力又再次被傅崢吸引了過去，陳爍看著眼前的一幕簡直血壓升高，他自己好不容易靠賣慘博得了寧婉的關注，還順勢打擊了下傅崢的年紀，沒想到這人竟然就這樣順水推舟也賣起慘了……

陳爍心裡冷笑，既然大家都賣慘，那就看看誰更慘。

「啊——」

陳爍短促又壓抑地低叫了一聲。

寧婉果然轉過了頭：「陳爍怎麼了？」

陳爍露出忍痛的表情：「我剛剛起跳太猛，落地的時候球場上好像有水有點打滑，雖然最後站穩了，但腳扭了一下，剛才一直在運動還以為沒事，結果現在突然開始痛了。」

傅崢雖號稱有舊傷，但並沒有發作，而自己如今聲稱剛受新傷，又一臉疼痛難忍，自然比他更值得寧婉的注意。

寧婉果然非常著急，陳爍便順勢道：「明明也沒腫，不知道怎麼回事，疼得我快受不了了。」他緊皺眉頭一臉強忍痛意道：「要不然我去醫院一趟吧。」陳爍有些不好意思般地看向寧婉，「學姐能陪我一起去嗎？我怕我一個人腿腳不便……」

寧婉自然答應：「沒問題，我陪你去。」

只是寧婉話音剛落，傅崢的聲音也響了起來——

「我也去。」他面帶微笑地看向陳爍，語氣溫和道：「雖然我腳踝的舊傷現在沒發作，但我平時一個人不願意去醫院，這次正好和你們結伴一起去。」

傅崢說完，看向了寧婉：「而且陳爍這扭傷，說不定會惡化，到時候如果妳陪著，他要是惡化到走路都不方便了，妳也扶不起他，還是我一起陪著去更好。」

傅崢說得道貌岸然有理有據，寧婉果然很快就被說服了：「有道理，那走吧！我們去醫院。」

第十二章　白蓮花含量超標

去個醫院而已，結果三個人浩浩蕩蕩簡直和去春遊一樣。

一路上陳爍也情緒緊繃絲毫不敢放鬆警惕，生怕傅崢又搞出什麼新花招，兩個人維持著塑膠同事情一路有一搭沒一搭地閒聊，終於到了醫院。

掛了骨科，排隊取號一切都很順利，只是輪到叫號的時候，陳爍和傅崢又開始不對付了。

先叫的是傅崢的號，寧婉站起來當即想陪著傅崢進入診間，可陳爍怎麼會讓傅崢得逞？他根本不想讓寧婉和傅崢有單獨接觸的機會，於是當即也站了起來——

「寧婉，我陪著傅律師進去吧。」陳爍微笑道：「其實我腳踝好像也有舊傷，正好他的情況我也參考著聽聽，妳就在外面休息下。」

傅崢意味深長地看了陳爍一眼，倒也沒反駁，只微笑道：「那陳爍看這次新傷也由我來陪著就行，我們兩個彼此也有個照應，方便點。」

寧婉自然沒有異議，只點了點頭就坐到了門外的等候區。

陳爍本想讓寧婉陪自己看腿，但為了防止傅崢為此發難，只能傷敵一千自損八百了，他惡狠狠地盯著傅崢看了一眼，然後和他一前一後進了診間。

在診間裡他也沒放過傅崢，寧婉不在，陳爍更不需要偽裝了，索性冷下臉，夾槍帶棒地諷刺起傅崢，什麼舊傷？醫生檢查了幾遍也沒看出他這腳踝哪裡有問題。

傅崢自然也沒輕易放過他，陳爍這偽裝的「新傷」自然也被他抓著一頓嘲諷，兩個男律師你來我往刀光劍影，而從診間出來，陳爍還有些意猶未盡，想逮著寧婉來之前的最後一刻再諷刺傅崢幾句——

「傅律師你真該……」

結果這次，傅崢沒理睬陳爍，他的眼神直接瞟向了不遠處的等候座位區……

陳爍這才覺察有異，循著傅崢的目光一併看去。

不看不知道，一看可不得了——

在等候區的座位上，寧婉身邊此刻坐了一個穿著醫師袍的醫生，是個年齡和她相仿的男人，戴著金邊眼鏡，面容清雋，文質彬彬，此刻正看向寧婉，輕掩著嘴唇在笑。

兩人像是說到了什麼好笑的事，寧婉也跟著笑起來，眉眼間都是熟稔和親切，很默契的模樣……

傅崢這該死的勁敵還沒出局，怎麼又來一個不知道哪來的男狐狸精？

陳爍心裡快要氣炸了，還講不講先來後到了？

他看了身邊的傅崢一眼，傅崢也看了他一眼，雖然沒說話，但陳爍在對方眼裡看到了默契。

陳爍決定和傅崢暫時休戰，如今大敵當前，不如和傅崢結成同盟共同禦敵！

於是陳爍抿了抿唇，調整了下表情，然後就朝寧婉走去：「寧婉，我們看完醫生啦。」

寧婉這才反應過來般抬起頭：「啊？這麼快？」她看了手錶一眼，才發現其實已經過了半小時，頓時有些不好意思，「我剛在這邊等，沒想到遇到以前的鄰居。」

寧婉朝著傅崢和陳爍笑起來：「正好介紹下，這位是趙軒，以前是鄰居，沒想到現在在醫院上班呢。」

竟然不是個天降，還勉強算個竹馬？

最可怕的就是這種久別重逢的竹馬了，一回憶起過去青澀回憶，又有很多彼此不知道的成長軌跡可以分享，既熟悉又陌生，既有親近感又有新鮮感……

比傅崢還危險！

陳爍看了趙軒一眼，掩下心裡的危機感，伸出手道：「幸會幸會，我是寧婉的同事陳爍。」

傅崢也禮貌地做了自我介紹：「傅崢。」

寧婉看向趙軒，補充解釋道：「今天看他們打球，這兩位都有些腳傷，所以我陪著一起來醫院了。」

趙軒看起來很文雅，和陳爍傅崢一一握了手，然後他回頭看向了寧婉：「和妳好久不見了，今晚有空的話要不要一起吃個飯？」

陳爍心裡警鈴大作，本來覺得傅崢不怎麼樣，但如今有趙軒陪襯，陳爍連帶看傅崢都順眼多了，至少傅崢這人沒這麼不要臉。

絕對不能讓這個什麼趙軒和寧婉接上頭！

只是自己心裡在這邊火急火燎，那邊傅崢倒是很從容淡然，這傢伙竟然還在低頭玩手機，每次自己約寧婉的時候跳出來搞事倒是挺準時的，結果這次在趙軒面前，這人竟然消停了！

陳爍惡狠狠地瞪了傅崢兩眼，結果對方還毫無所覺，還在低著頭看著手機上的什麼，彷彿完全置身事外的模樣。

指望不上傅崢，只能自救了，陳爍抿了抿唇，準備信口雌黃編個理由搞破壞，正在斟酌著開口之際，卻見傅崢的頭終於屈尊從手機上抬了起來，他看向趙軒，聲音平靜道：「食欲不振、對一切都喪失興趣、什麼都提不起勁、心煩心慌，還容易胡思亂想、反應變得遲鈍、注意力也不集中、覺得一切都沒意義，覺得自己是個沒用的人，而且失眠憂鬱，有時候甚至站在窗口想著一了百了結束這一切，對生活好像沒什麼留戀……」

傅崢說了一連串的症狀，才抬頭看向趙軒，表情認真道：「趙醫生，這是不是最好看一下？」

趙軒愣了愣，打量了傅崢兩眼：「失眠的話吃過褪黑激素了嗎？」

傅崢點了點頭：「吃過了，但不管用，失眠還是很嚴重，幾乎整夜不睡。」

「有去看過醫生嗎？」

「還沒有，一個大男人，就為了這點小毛病看醫生實在小題大作太過矯情……」

陳爍聽著傅崢的話，只覺得有些摸不著頭腦，這是哪齣跟哪齣？怎麼突然莫名其妙跳到了這個不相關的話題？而且失眠嚴重？他看起來不像啊，雖然不想承認，但傅崢皮膚非常白，連一點黑眼圈的影子都找不到，精神狀態也挺飽滿，哪裡像對生活提不起興趣想死的？除了突然跳轉到這一個話題顯得莫名其妙確實像有點病，其餘這男人渾身上下簡直可以用光彩熠熠來形容……

不過聽了傅崢的話，趙軒的表情倒是嚴肅了起來：「那不行，你這個情況還是要立即就醫，掛一下精神科，看起來是挺嚴重的憂鬱症了，憂鬱症這個病其實被很多人忽略了，但憂鬱症很多時候並不只是一個簡單的心理問題，可能還是功能性問題，嚴重的病症絕對需要醫學干預和定期吃藥治療的……」

傅崢露出了有些疑惑的表情，聲音緩慢道：「是這樣嗎？」

「是這樣的！」陳爍正也疑惑著，就聽寧婉開了口，她指了指趙軒，「這事還挺巧，剛趙軒和我說呢，他是精神科的醫生，專長就是治療憂鬱症，他的心理干預非常棒，很多輕度憂鬱症在接受他的診斷和心理諮詢後甚至都不需要吃藥了。」

陳爍抿著唇，若有所思地看了傅崢一眼，覺得自己好像有點懂了。

而寧婉講到這裡，果然有些擔憂地看了傅崢一眼：「憂鬱症果然是看不出的，即便平時看起來很正常的人，內心說不定正在經歷暴風雨的掙扎。傅崢，你這個情況，真的不能不干預了。」

「這樣嗎？」傅崢頓了頓，沉靜又緩慢道：「可覺得直接去醫院掛號有點太正式太壓抑了，既然趙醫生是這個方面的專家，不知道方不方便私下聊一下？」

陳爍幾乎是立刻加碼道：「趙醫生，擇日不如撞日，要是方便的話，你看今晚？聚會以後也有機會的，但是病情發展我怕……」

傅崢和陳爍都那麼說了，寧婉便轉頭看向趙軒，主動道：「趙軒，今晚我們的聚會要不然先緩一緩……」

趙軒顯然對這個發展有些茫然，但很快點了點頭：「沒問題。」他朝寧婉笑笑，「妳的朋友就是我的朋友。」

事情發展到這，陳爍就全懂了，原來傅峥運籌帷幄打的是這盤棋，謊稱自己有嚴重憂鬱症，還想尋死覓活，這可不立刻引起寧婉同情和關注，讓她叫停聚餐嗎？這趙軒又正好是精神科的，如此一石二鳥，竟是滴水不漏。

想不到傅峥犧牲了自己與趙軒這敵人同歸於盡，竟不惜自毀形象，都說自己有憂鬱症了！陳爍一時之間內心也有些肅然起敬，不管如何，傅峥這波犧牲也連帶惠及了自己，自己還是要幫他辦好「後事」，好好送傅峥上路！

未免趙軒又出其不意破了傅峥的局，陳爍決定再加把火，他回想著網路上看過的憂鬱症患者的自白，語氣凝重道：「憂鬱症確實非常痛苦，睡不著沒精神，連帶著沒食欲，甚至連生存的欲望都沒了，只覺得自己是個沒用的人，不被人需要，被全社會遺棄，人生已經無望，沒有前途沒有未來沒有光明，世界一片黑暗，也沒有愛，像個溺水的人，慢慢地沉到水底體會著那種窒息的死亡感受，卻感覺沒有任何人可以救自己，也沒人理解自己……唉，憂鬱症不看真的會想自殺的……」

「嗯。」傅峥果然像陳爍預料中一般附和了，只是陳爍還沒來得及在內心漾出笑意，就聽見傅崢繼續道——

「是這樣。陳爍也覺得自己的病情挺嚴重了，之前一直不好意思開口，所以我來代他詢問，但沒想到這麼巧遇到了趙醫生，那樣真是太好了，我也覺得如果趙醫生晚上能好好和陳爍聊聊比較好，他不太想去找不熟的醫生，你是寧婉的朋友，他一定更相信你。」

陳爍：「？？？」

陳爍心裡憋了一口氣，他皺著眉瞪向了傅崢。結果傅崢竟然還朝陳爍笑了笑：「陳爍，看到你都願意主動分享自己憂鬱症的感受了，我想你應該已經能正視病情了，所以今晚和趙醫生吃飯，你就好好聊，也不需要有在醫院的壓迫感，就你們兩個用餐，也足夠保證隱私。」

「……」

陳爍本以為傅崢都犧牲了死透了，他都在心裡替對方吹起嗩吶搭建好送葬隊伍了，結果沒想到這人詐屍了……

寧婉不明所以，果真一臉同情地看向了自己：「陳爍，沒想到你一直被憂鬱症折磨，難怪最近黑眼圈確實有點厲害！」

寧婉拍了拍陳爍的肩，認真道：「你要好好加油，不要想著死，戰勝憂鬱症，要記住，活著挺好！只要活著，什麼事都能遇上！未來還有無限可能！」

可不是嗎，陳爍咬牙切齒地看向傅崢，活著是挺好，只要活著，還真是什麼事什麼人都能遇上。

事到如今，陳爍才終於有些明白，傅崢剛才看手機，八成是在醫院網站上找趙軒的科室，這一局全是對症下藥，只是如今自己啞巴吃黃連，有苦說不出，要是自己反駁說沒有憂鬱症，寧婉便要和趙軒吃飯了……現在自己已經腹背受敵有傅崢虎視眈眈盯著了，如果再引進一個新的對手，陳爍實在有些沒自信……那麼與其寧婉和趙軒兩人世界，還是自己和趙軒兩人世界吧……

「趙軒，我們下次約？先替陳爍謝謝你，下次我請！」

雖說下次再約，但醫生的下班時間從不能確定，寧婉是律師，自然也忙，也不知道這下次要下到猴年馬月去，雖然寧婉是真心實意下次請趙軒吃飯的，但陳爍也知道，這下次請你吃飯可能就遙遙無期了……

他忍不住看了一邊雲淡風輕的傅崢，只覺得這老男人真是太狡詐了。

而傅崢看了手錶一眼，表情溫和充滿關愛：「陳爍，就不打擾你向趙醫生諮詢了。」

他說完，又謙和有禮地看向趙軒，「趙醫生，我們同事還麻煩你了，祝你們有一個愉快的夜晚。」

傅崢笑了笑：「那我和寧婉就先回去了。兩位再見。」

傅崢姿態紳士、禮儀良好、態度謙和，完全挑不出任何刺來，就這樣，陳爍只能眼睜睜看著他和寧婉並肩離開。平心而論，傅崢的步子邁得很穩健，走姿也很有氣派，然而也不知道是不是陳爍的錯覺，他總覺得，那步伐裡面，處處流露出對自己的嘲諷，傅崢的每一步，彷彿都是在自己的墳頭跳舞，自己剛才心裡那一曲嗩吶，沒想到是幫自己送葬的……

寧婉最近每天都能和所裡那位即將新入職的大Par郵件溝通，對於對方的案例，寧婉分析起來越發順手，和對方基本建立了一種每天一封郵件往來的聯絡頻率，兩個人之間彷彿也已經形成了一種默契。

不得不說，大Par就是大Par，對方有時候只是簡單的提點，但寧婉看完也常常豁然開朗，而對方也不好為人師，很多提點也是點到為止，留出讓寧婉思考的空間，而除了案例外，寧婉也就自己職業規劃路上的一些疑慮進行了請教，對方也都仔細而耐心地給予了解答，甚至分享了很多自己的私人經歷和體悟。

雖然從沒見過這位大Par本人，但寧婉和對方神交許久，心裡對對方充滿了信任和崇敬，想進入他團隊的想法更強烈了。

寧婉原本對社區工作就挺上心，如今有了新的動力和目標，每天更加精神抖擻了。

一大早，她就解決了好幾通電話諮詢，得了空，才想起要好好關心下陳爍——

「昨天和趙醫生聊過後好些了嗎？還有那種想結束生命的衝動和喪氣嗎？」

陳爍臉色看起來不太好，他面色不善地看了另一邊坐著的傅崢一眼，才對寧婉擠出笑：「好多了。」陳爍像在努力抑制什麼情緒般繼續道：「不想死了。」他又看了傅崢一眼，「畢竟我想了想，我還沒找到女朋友，還不能死。」

「對啊！」寧婉拍了拍陳爍的肩膀，「你想通了就好！要不要我幫你介紹介紹？你喜歡什麼類型的？」

「不用。」陳爍抿了抿唇，「我……」

可惜他那句「有喜歡的人」還沒來得及說完，就被敲門聲打斷了。

倚靠在門口的是道纖細的身影，如今容市的氣溫已經不低了，對方卻還全副武裝般穿著厚實的長袖長褲，戴著頂帽子，脖子上還圍了條秋冬的圍巾，臉上卻架了一副遮陽眼鏡，有些畏畏縮縮的模樣，只是雖然從裝束來看這人穿得十足奇怪，然而對方的行為卻挺溫和講理——社區辦公室的門是常年開著的，因此鮮少有人在進入之前還特地這麼有禮貌地敲一下門板。

「對不起，打擾各位一下，我想諮詢下離婚……」

對方的聲線柔和婉轉，可以用輕聲細語來形容，是個聽起來挺舒服的女聲，微微帶了點哽咽，讓寧婉覺得有些熟悉，她趕忙把人迎進來：「進來吧，能把您的情況大致說一下嗎？是因為什麼想要離婚？」

對方瑟縮地走了進來，轉身看了下門：「能……能把門關一下嗎？」

寧婉還沒開口，傅崢和陳爍便同時起身準備去關門，最終傅崢身高腿長更勝一籌，比陳爍更早到達門口，依言把門關了。

離婚案件涉及個人隱私多，這諮詢人聲音聽起來很年輕，注重保護自我隱私不想有人打斷也很正常。

只是傅崢關門後，對方卻還像是驚弓之鳥，她的聲音哽咽裡帶了點焦慮：「能把門鎖上嗎？」

「我去！」這次陳爍幾乎是急急地發了話，便立刻小跑著搶在傅崢前面把門鎖了。

要是平時，寧婉肯定要感慨下傅崢和陳爍的積極，然而此刻，她看向坐在自己辦公桌對面的客戶，卻皺起了眉，她好像想起來這是誰了。

對方見門落了鎖，似乎才終於放下了緊繃的弦，才沒那麼瑟縮和戒備，然後摘掉了帽子。

本來不摘，寧婉只覺得對方穿戴那麼多有些奇怪，等對方真正摘了帽子，再摘了眼鏡，拿下了圍巾，隨著她的動作，寧婉的心情越發沉重。

對方的臉上青一塊紫一塊，一隻眼睛還腫著，一片血汙，只草草在眼周塗了點碘酒，而在皮膚邊暈染開的黃色則讓她的傷顯得更加觸目驚心了，一隻腫著的眼睛小得只能睜開一條縫，嘴角也破了，還帶著血痂，整張臉上完全看不出上次諮詢時那溫婉的五官，像一張被人隨意塗抹的髒畫布，破敗、頹喪灰暗。

寧婉的心裡重重的一滯。

她記得非常清楚，在一兩個月前，這位年輕的女性曾經來自己這裡諮詢過，當初她的臉上就帶了傷，眼裡含淚，因為遭到丈夫的家暴，想要離婚。

寧婉對自己經手過的諮詢本來就有記錄下來的習慣，而其中對於家暴案件的紀錄則會比一般的更詳細，她清楚記得當時自己曾經指導過對方報警，教對方如何留存被家暴的證據，也表示了願意提供法律援助。

後續對方沒有找寧婉繼續推進離婚，她也沒有太意外，因為當時這位年輕客戶看起來家境不太差，談吐也溫文有禮，說話邏輯清晰，一看就是受過高等教育的，這類物質條件不太差的客戶，最終未必願意選擇社區律師，畢竟社區律師給大部分人的感覺是援助性質的，人們普遍有個認知覺得免費的或者便宜的沒好貨，因此很多條件尚可的客戶更傾向花錢找資深大律師。

只是如今眼前這年輕女人的慘烈模樣，她大概是諮詢過自己後，並沒有真的找律師起訴離婚……

「律師，我想起訴離婚，我這是被我老公打的……我怕再這樣下去，我會被他打死……」

那年輕女人的聲音沙啞哽咽，眼神卻無神到已然哭不出來，而她一張嘴，寧婉才發現，她連一顆門牙都缺失了半顆，想來是被丈夫打斷的……

陳爍並沒有見過對方，然而傅崢是見過的，他神色凝重地看了寧婉一眼，顯然也認出了對方：「能和我們說說到底怎麼回事嗎？」

大約是緊鎖的門終於給了對方安全感，那年輕女人又瑟縮地環顧了下四周，才終於哭出聲來：「求求你們，救救我吧！」

她的情緒激動，精神狀態看起來也有些恍惚，然而在斷斷續續磕磕巴巴的敘述裡，寧婉三人終於搞明白了事實——

這位年輕女性名字叫舒寧，果不其然，是位高材生，是機械工程方面的博士。

「我的老公虞飛遠是我的碩士和博士同學，因為跟著同一個導師，做專案、實驗的時候常常在一起，又是同個科系的，共同話題也挺多，在研二的時候我們就在一起了。以前一起上學的時候他對我照顧有加，博士做論文壓力大，我們也是一起扶持走過來的，也算是患難見真情了，感情一直不錯，博士一畢業，也順理成章結婚了。」

「我本來已經收到了一家跨國大企業研發部的工作 offer，原本確實想去工作的，平時也一直避孕，可沒想到還是出了意外，當時竟然查出來懷孕了，總不能還沒入職就懷孕吧，於是我決定好好在家先生完孩子再拚事業，正好我老公也投了這家公司履歷，面試筆試成績綜合排名我是第一，他是第二，我放棄了 offer，正好錄取了他，這樣我也覺得不浪費，肥水不落外人田，當時還挺開心的，畢竟這工作算我們科系出路特別好的了，起點高收入也豐厚。」

一說到這裡，大約是回憶起過去的美好，對比現在的慘烈更讓人神傷，舒寧的臉上露出了痛苦：「當初真的很幸福，飛遠對我也很好，他主外我主內，孕期他對我特別體貼，女兒出生後他也很貼心，我們一家三口當時過得特別好，只是……」

舒寧抑制住了哭腔：「只是沒想到他變了……自從孩子三歲上了幼稚園，他就變了，變得暴躁敏感，一開始是和我吵架，隨意摔東西，後來就變成了輕微的推搡，再之後……」

寧婉心裡苦澀又壓抑，家暴案的升級模式總是如此類似，但很少有受害人會意識到，這並不是人變了，而是對方本來就是這樣的人，談戀愛和剛進入婚姻時多少披著自我美化的皮，而隨著時間推移，本性終究會慢慢暴露的……

舒寧的語氣裡還是不解和崩潰：「我上次也來諮詢了，那時候是第一次被打，完全不敢相信他會這樣對我，一心想著離婚，可後來飛遠道歉了，也說下不為例，我就原諒了……但萬萬沒想到，我的原諒，不僅沒有挽回他的心，還讓他變本加厲了……」

寧婉表情嚴肅：「這一次妳報警了嗎？」

「還沒……」舒寧囁嚅道：「他現在打我打得特別狠，看我也看得緊，都不許我出門，這次我是偷偷溜出來的，我害怕報警以後等警察一走，他打我打得更厲害……」她求救般地看向寧婉，「律師，幫幫我，能不能幫我離婚？能不能幫我爭取孩子的撫養權？我不在乎錢，我只想要我女兒！」

「妳上次報警了嗎？在家裡安裝鏡頭了嗎？有拍下對方毆打妳的影片嗎？」

這是舒寧上次來諮詢時寧婉詳細教過她的操作，然而從舒寧此刻躲閃的神色來看，應該是沒有……

「那有鄰居之類的人證可以證明他家暴嗎？」

舒寧搖了搖頭，又哭了起來：「我被打也不敢出聲，否則會被打得更凶……」

雖然舒寧沒有說完，但寧婉大概也能理解，她這樣的高知識分子，平時也是要面子的，信奉家醜不可外揚，不想讓外人知道，也算是人之常情。

可既沒有報警紀錄，又不存在影片證據，也沒有人證……如今舒寧的傷雖然都未癒，但如果沒有在遭受傷害後第一時間報警，後續即便報警，也難以證明這些傷出自家暴，出自她的老公。

「妳上一次最後為什麼沒有採取任何措施？」寧婉只覺得胸中憋著一股惡氣，「如果當時採取了措施，現在就不會這麼被動。」

舒寧低下頭抹起了淚：「上次我回家後，他就跪下認錯了，還自己打了自己十幾個耳光，那力道，把整張臉都抽腫了，一聽說我要離婚，就給我下跪磕頭，頭都破了流血了，不斷跟我道歉，說自己工作壓力大情緒不好，一時糊塗打了我，以後再也不會了。」

「我和他也是這麼多年的感情，想起以前戀愛的細節，那些他對我的好，我就……而且孩子還這麼小，如果離婚，孩子從小就沒有爸爸就是單親家庭了，我想來想去，考慮到也確實是第一次，就原諒了他，他也寫了保證書給我，說下次不再犯了。」

多麼相似的故事，寧婉越聽內心越沉重和唏噓：「但是後面他『控制不住脾氣』所以又打了妳，然後又各種痛哭流涕承認錯誤寫保證書下跪，妳又原諒了他，接著他又『發了脾氣』，又沒忍住，直到後來下手越來越重，把妳打成這樣？」

舒寧愣了愣，隨即點了點頭，她的表情苦澀：「是……我沒想到我的忍讓最後換來的就是這個，我……我為了讓他能不要那麼有壓力不要受氣甚至都辭職了……」

傅崢聽到這裡，也皺起了眉：「妳的意思是，妳現在的狀態是無業？」

不需言語，對舒寧來說這可能只是隨口一問，然而寧婉知道傅崢這話的意思，既然如今舒寧想離婚並且爭取孩子的撫養權，那麼她是否有正當職業是否能證明自己有穩定收入是很關鍵的。

舒寧的孩子已經不是幼兒了，除了幼兒會傾向判給母親，大些的孩子在撫養權判決時遵循的都是如何對孩子生活更好的原則，很多全職太太打官司時會失去孩子撫養權就是如此，因為沒有收入，也沒有再找工作的能力，常年的全職生活已經摧毀了這些母親的職業生涯。

「嗯。」舒寧卻不知道這些彎彎繞繞，她低下頭解釋道：「生完女兒後，我就在家裡帶孩子，但孩子如今已經上學了，我的時間也空出來了，想著讀機械工程都讀到博士了，也不要浪費，之前就再去投了履歷，投的也是飛遠那家公司，當初因為意外懷孕失去了機會一直挺後悔，也想和他一起共事。」

「所以是妳投的履歷石沉大海沒有人願意錄取？」

寧婉有些惋惜，但女性婚育後回歸職場本身就充滿坎坷，舒寧學歷雖然高，但一畢業後就懷孕生子因此缺乏工作經驗，但又沒有剛畢業大學生的年齡優勢，家裡有孩子勢必不可能全身心撲在工作上，在求職中確實是巨大的劣勢……

只是舒寧的回答倒是挺令人意外：「沒有，那家公司給我offer了，很歡迎我去。」說到這裡，舒寧終於露出了進辦公室以來第一個微弱的笑，「我在求職前做了功課，針對這家公司的情況寫了一份行業調研報告，分析了不同機械裝置的優劣，針對他們明星產品裡一個常常被客戶投訴的機械故障做了我自己的分析和建議，這份報告看來是入了他們的眼，他們的一個研發部總監親自面試了我，幾乎是當場錄取。」

「那很好啊！」寧婉真心實意地替舒寧高興，可高興完又有些疑惑，也幾乎是同時，傅崢問出了寧婉心裡所想——

「可妳為什麼又辭職了？是嫌棄工作環境同事氣氛不好？還是工作強度太大？或者家裡出了什麼變故需要妳照顧家庭？」

舒寧搖了搖頭：「都沒有，我很喜歡這工作，同事也很照顧我，家裡孩子也很爭氣，上學不太生病作業也都自己搞定。」她又一次哽咽了，「我單純是為了飛遠才辭職的。」

聽到這裡，陳爍也皺起了眉：「他是那種男主外女主內的老思想？覺得妳在家就好？」

舒寧抹了抹淚：「對，他覺得我出去工作他沒面子，顯得好像他一個人賺錢養不活家似的，就很不支持我出去，我上班後他特別不高興。」

「之前我剛開始投履歷時，他就很不看好，一直打擊我，說我雖然是博士，可機械領域的知識更新換代快，以前學的都老土了，根本沒用，掉書袋，而且沒工作經驗，沒人會多看我的履歷一眼……」

「總之，那段時間挺消沉的，想想覺得自己老公都這麼說，更別說公司人事呢，特別自卑，投了幾家也確實沒回應，覺得自己真是幹什麼什麼不行，索性後來好好沉澱下來寫了那份行業分析報告。」

聽到這裡，寧婉皺起了眉：「妳要去工作，妳老公一直很打擊妳？」

「也不算打擊吧，他說他也是為了我好，先幫我打預防針，如今求職沒這麼容易，更何況職場現在爾虞我詐多，他希望我永遠不用去經歷這些血雨腥風，眼睛不要看見這些骯髒，由他守著我就行了。」舒寧說到這裡，有些物是人非般的感慨，「他對我其實挺好的，除了控制不住脾氣會打我之外，真的挺好的……」她的眼眶又紅了，「雖然他有些大男子主義，但是真的想要保護我的，說養我一輩子都可以，是個負責的男人……」

這一刻，寧婉幾乎想要搖著舒寧的肩膀叫她醒醒，什麼叫「除了會打我之外都挺好的」？一個男人打女人，這就是徹頭徹尾的不行啊！

何況……

只是在寧婉開口之前，傅崢的聲音就響了起來：「一個男人說養妳一輩子，鼓吹叫妳不要去工作，打擊妳重新融入社會的積極性，這根本不是負責任。」

「怎麼會？」舒寧幾乎是下意識反駁起來，「我在家帶孩子不出去工作那幾年，他確實對我挺好的，也沒打過我……真要說起來，我們之間出問題，還是從我去上班開始的，他覺得我沒那麼全身心撲在家庭上，開始不滿……我也是這樣才想到了辭職，想著辭職以後我們之間的矛盾就不會激化了，何況他的薪水也足夠養家了。可沒想到……就算我辭職了，他的脾氣好像徹底變壞了，我們好像再也回不到過去了……」

說到這裡，舒寧又哭了起來，語氣裡充滿了痛苦和懊喪：「早知道是這樣，我就不去遞履歷工作了……」

很可悲的，連舒寧自己都沒意識到，她的觀念已經被自己老公洗腦了，自己把自己框死了未來——她一個和自己老公有同樣學歷同樣優秀的女性，辛辛苦苦博士畢業，為什麼就應該主內就應該回歸家庭，而她老公卻可以享受著後方的穩定同時發展事業？

「女主內男主外這是法律規定嗎？妳也很優秀，為什麼不可以也擁有自己的一片天？妳從來就沒做錯，錯的是妳老公。」寧婉本來憋了一肚子的氣，然而沒想到傅崢比她更快一步，他語氣嚴肅冷峻，句句犀利在理，「妳有選擇自己人生的權利，需要妳犧牲自己事業和喜好去成全他的男人根本不是什麼良配，婚姻是磨合，但從來不是一方單方面的犧牲，妳的情況明明可以兼顧事業和家庭，妳已經在家庭裡承擔了更多的工作，他為什麼可以因為不順著他的意，就發脾氣打人？」

舒寧囁嚅了兩下：「他有時候發脾氣我也能理解的，畢竟男人在外面壓力大，他的績效考核嚴苛，職場裡人事內鬥還有酒桌文化，雖然他不喜歡，還是不得不迎合著去各種飯局，常常喝到吐了才回家，他也不願意的，男人在外面真的很累，我雖然在家帶孩子，但其實生活無憂，不用擔心生計……」

傅崢冷笑著打斷了舒寧的話：「這話是他和妳說的吧？」

舒寧點了點頭：「嗯，他每次發脾氣沒控制住自己以後除了道歉也會解釋，男人在現代社會真的也很難……」

「難道女人就不難了？」寧婉終於憋不住了，「他怎麼就只能看到自己的難？男主外女主內是他自己選的路，那麼主外的累和壓力，自己跪著爬著也要幹下去，所有的苦也只能自己消解，而不是發洩到家人身上，我們每個普通人生活在這個世界上，誰不累了？他能分攤女性生育的損傷和陣痛嗎？妳生孩子疼的時候發洩到他身上了嗎？妳打他了嗎？」

舒寧這樣溫婉的模樣，想來並非隨意發脾氣的人，也正因為這麼溫和好說話，才會被虞飛遠這種人拿捏。

「說什麼自己壓力大才會發脾氣打人，這不過是幫自己找藉口。」

明明是受害者和求助者，然而這時候，舒寧反而幫虞飛遠說起話來了：「他就是有時候控制不好情緒，但我去上班之前，他真的是個好男人……」

「連自己情緒都控制不好的男人，說實話，根本不能說是好男人。這個世界上，誰不是忍著火在活呢？他脾氣差在公司受了氣，為什麼不直接對給他氣受的上司叫板，反而發洩到無辜和比他弱勢的妻子身上呢？這種男人說白了就是欺軟怕硬外強中乾，算哪門子的好男人呢？」

舒寧抿了抿唇，顯然想說點什麼，但最終還是沒說，又六神無主地哭起來。

她這個樣子，寧婉也沒辦法，只能掏出了資料：「妳把這份法律諮詢服務流程單填一下，如果可以，最近試著去找找工作，這樣才方便爭取孩子的撫養權，離婚如果對方不願意協商，那就要起訴，一旦走訴訟流程，就做好長期作戰準備吧，這階段最好能分居，一來長時間分居可以輔證感情破裂，另一方面因為他家暴，分居對妳安全有保障，沒有房子住的話就先去住一下飯店。」

舒寧抓到救命稻草般點了點頭。

「還有妳臉上的傷，我看只做了簡單的消毒處理，能不能再報個警然後驗傷？雖然對方多半不會承認是自己打的，但我們總得把證據留存下來，或許會有用。需要我們陪妳去嗎？」

舒寧搖了搖頭：「沒關係，我自己可以的。」

「另外，之後我會準備代理協議給妳，沒問題的話簽下名，然後我會列一個列表給妳，列表上的資料原件和影本都需要整理給我，包括結婚證、還有你們婚內一些共同財產的明細、房產、以及所有可以證明你們感情破裂的證據，如果有以往家暴的證明那更好。」

舒寧填完流程單，留下了聯絡方式，又紅著眼睛再三感謝了寧婉三人，才重新戴上帽子和墨鏡，圍上圍巾，重新把自己裹得嚴嚴實實的，開了門離開。

相比剛才的敞開心扉，彷彿鎖著的門一開，舒寧又恢復成了那個瑟縮、對周遭充滿不安全感，甚至隨時害怕遭受傷害的人。

寧婉看著她的背影嘆了一口氣，舒寧其實可以有更好的人生，就像自己的母親一樣，但不同的是，舒寧至少決定做出改變，而自己的母親……

陳爍多少知道寧婉家裡的情況，他知道家暴案對於寧婉意味著什麼，幾乎是當機立斷做了表態：「寧婉，這個案子我和妳一起做。」

可惜寧婉搖了搖頭：「第一這案子對你來說挑戰性不大；第二，舒寧第一次來諮詢的時候傅崢就在，對前因後果比較清楚，外加剛才和舒寧交流溝通也是他比較多，對這類案子顯然他也有自己的思考，此前傅崢也沒處理婚姻家事類案子的經驗，正好帶他一起上上手，所以他和我一起比較適合。」

「可……」陳爍不想將這個和寧婉單獨辦案甚至有可能走進她內心的機會拱手讓人，他急急道：「我之前也沒做過家事類的案子，來社區就是想多做這類親民的案子，傅崢是新人，這案子妳帶著他主做，他肯定會比較吃力一點，但我……」

「陳律師，這案子一聽就負能量太多，你剛剛經過趙醫生的開導心態才好些，不應該再接手這麼壓抑的案子，對你病情不好，容易復發。」傅崢卻笑著打斷了陳爍，「還是我來辦吧。」

「……」

寧婉本來想著自己的媽媽，心裡是有些壓抑的，然而看著陳爍和傅崢這樣積極主動的工作熱情以及互相體諒的深厚友情，只覺得人間自有真情在，人和人之間的關係，還是美好多於爭鬥的！

最終，舒寧的離婚撫養權糾紛案寧婉決定交給傅崢和自己一起辦，而為了安撫陳爍，她想了想，決定對未來陳爍和傅崢的案源分配做個規定——

「代理律師一次不能超過兩個，所以以後有案子，你們就輪著和我搭配，這次的案子是我帶傅崢做，那下一個案子，就陳爍和我一起做。」

以往辦公室只有自己和傅崢，如今陳爍加入了，兩個人之間也要一碗水端平，而每次案子類型和目標額以及難易程度都有不同，直接輪流來，寧婉也沒有偏心誰的嫌疑，倒也乾脆。

「那下個案子我和妳一起辦。」陳爍轉了轉眼珠，看了傅崢一眼，然後朝寧婉笑著第一時間贊成了這個方案。

傅崢不置可否，臉上看不出什麼表情，但也沒有反對。

如此，寧婉就敲定了這個案源分配方針：「那就這麼辦！」

看得出舒寧對虞飛遠是很有感情的，畢竟是曾經從校園到婚紗的戀愛，幾乎占據了人生裡最重要美好的時刻，想要做出決斷也並非易事，只是顯然這次虞飛遠打舒寧打得太狠了，以至於舒寧害怕到第一時間想逃離，幾乎是第二天，她就過來簽了代理協議，並且把自己手頭有的證據資料都提供過來了，也是巧，虞飛遠正好出差了，因此舒寧整個人緊繃的情緒放鬆了不少，人看起來也精神多了。

只是……

寧婉盯著舒寧薄薄幾頁所謂的證據資料，皺起了眉：「妳知道虞飛遠的薪水收入嗎？妳是全職太太，他不把錢交給妳管嗎？」

舒寧提供的資料裡，幾乎都是沒有直接證據效力的，尤其她看起來根本不清楚共同財產明細，除了一間婚後兩人共同購買尚在還貸的小戶型房產，竟然連虞飛遠平時的薪水收入都不清楚。

舒寧搖了搖頭：「他就定期每個月轉錢給我，如果當月還有什麼大筆支出超額的話，我再和他申請。」

寧婉抿了抿唇，也不知道說什麼好，既然放棄了事業選擇做全職太太，那更要愛護自己，提高抗風險能力，至少應該第一時間把財政大權緊握在手裡，否則出現這樣的變故，在財產分割上根本無法舉證和查清對方的收入，實在是太過被動了。

傅崢也羅列了相關財產的問題清單，可惜舒寧顯然是指望不上了，幾乎是一問三不知，問到最後，她也尷尬又懊喪：「對不起，是我沒用，我以前從沒想到我竟然會走到離婚這一步，一直覺得自己是同學裡最幸福的，心太大了從沒注意過這些事……」

事到如今再苛責當事人也於事無補，寧婉安撫了幾句：「妳先回去吧，既然交給了我們，我們自然會去調查取證。」

幾乎是剛送走舒寧，寧婉就收拾了東西，拎起了包：「走吧。」

傅崢看了她一眼，默契道：「去虞飛遠公司？」

從最初根本雞同鴨講到如今自己不用說傅崢就能跟上思緒，寧婉有些莞爾，她笑著點了點頭：「對。」

如果是一般的離婚案，寧婉未必會這麼急切，然而舒寧的案子涉及到家暴，每拖一分鐘，她可能再次遭受傷害的風險就增加一分，如今虞飛遠出差，正是趁機趕緊收集證據起訴的大好時機。

一邊的陳爍卻有些不解：「你們去虞飛遠公司想要讓人事提供他的薪水流水？這基本不可能，都沒立案呢，公司不會提供員工流水的，最起碼也要取得法院調查令吧……」

「不需要公司提供流水。」傅崢看了陳爍一眼，「舒寧和虞飛遠婚後買的那間小房子用的是虞飛遠的公積金[1]還款，所以舒寧的資料裡有他的每月公積金數額，她自己也在同一家公司短暫工作過，也能提供自己工作期間單位的福利包括公積金繳納基數，這樣可以大致倒推出虞飛遠的薪水，雖然不完全準確，但如果他大幅度隱瞞自己的真實收入，我們的舉證完全可以證明他造假了，如有需要可以立案後再申請法院協助調查取證。」

寧婉一邊聽一邊越發有一種養的豬終於大了要出欄了的欣慰感，傅崢這人，如今真是越來越上道了，幾乎不用自己提點，已經能瞬間明白過來辦案邏輯了。

---

1 公積金，為中國大陸的社會福利，由僱主和僱員共同繳納用於購買、建造、裝修、繳納房租的儲蓄金，有些地方甚至可以用來作為買房頭期款。

陳爍噎了噎，臉上有些掛不住般的不自在：「那你們現在……」

「我們現在去虞飛遠的公司，主要是想搜集和舒寧有關的證據，舒寧的學歷可以證明她的受教育程度和虞飛遠沒有差別，工作的話也已經讓她這階段趕緊找起來以便在起訴時已經有穩定收入，那麼接下來要證明的就是舒寧的為人和思想的品質。」傅崢笑笑，「這樣解釋你清楚了嗎？」

在撫養權糾紛裡，如果父母雙方經濟狀況受教育程度都比較相當，那麼證明誰的品格更適合撫養孩子就尤為關鍵了，父母中的哪一方更容易提供適宜孩子成長的生活環境就成了取證焦點。

舒寧長期全職在家帶孩子，是孩子主要的照顧者，這點將成為爭取撫養權時的優勢，但這類案子中，男方要爭奪孩子時大概會以女方的品性瑕疵來攻擊，因此寧婉和傅崢便需要先行證明舒寧的品性沒有問題。

只是舒寧作為全職太太，接觸的人少，能較為客觀公正輔證她品格的自然要去找她原本曾工作過的公司以及曾經就讀的院校。

「另外，虞飛遠目前也還在這家公司工作，如果我們能順帶調查到虞飛遠平時工作裡為人性格方面的瑕疵，比如暴躁、暴力傾向等，也是很重要的證據。」傅崢抿了抿唇，「而對我們來說，盡可能多聽取不同人的聲音，也能更好的了解這個案子的真實情況，畢竟萬一當事人說了假話或者隱瞞了什麼別的呢？」

對傅崢這番話，寧婉非常欣慰：「傅崢你對這個案子確實思考得挺好的。雖然是新人，但看起來都不太需要我帶了。」她看向陳爍，「所以陳爍，你要加油啊，傅崢學習能力還挺快的，你們要一起努力啊。」

被傅崢這種新人比下去已經很沒面子了，而更令陳爍咬牙切齒的是，被表揚的當事人還一臉溫和友善地營業了起來，他看向寧婉，笑著點了點頭，一副謙遜模樣：「我會繼續加油的。」

「……」

白蓮花含量真的超標了……

只可惜寧婉並無覺察，在她眼裡，傅崢雖然偶爾有些過去繁華生活帶來的後遺症小毛病，但自從交底坦白以來，謙遜溫和、友愛同事、尊敬前輩，對工作認真上進，才在社區基層工作沒多久，和自己就已經默契十足，這個徒弟自己真是收對了！

只是雖然說著要對舒寧和虞飛遠的為人處世和品性進行調查取證，但貿然上門，是很容易吃閉門羹的，畢竟沒人願意摻和到同事的家務事裡。

因此去公司前，寧婉又聯絡了舒寧，她簡單和舒寧說明了情況：「我看妳在公司裡入職一年了，也不算短，是不是有關係比較好的同事，妳不介意讓她知道妳目前想離婚的事，對方又願意協助提供調查的？」

舒寧一開始果然有些抗拒，但最終想要孩子撫養權的決心還是戰勝了羞恥感：『那妳聯絡丁慧吧，我來和她打個招呼。』

等舒寧那邊聯絡好丁慧，寧婉才帶著傅崢一同往公司趕去。

舒寧原先就職的公司叫深藍機械，地址在產業園區，是一家規模挺大的公司，有一棟大樓和配套廠房，寧婉和傅崢幾乎沒花大功夫就找到了。

此刻正是午休時間，因此丁慧便和兩人約在公司樓下的咖啡廳見面。等寧婉和傅崢去的時候，丁慧已經入座了。

她和舒寧年齡相仿，然而氣質截然不同，一頭幹練的短髮，眼眸明亮，穿著簡潔的職業套裝，很有英姿颯爽的模樣，和舒寧憔悴暗淡的樣子簡直天差地別。

「兩位律師好，大致的事我已經聽舒寧講過了，她說你們想了解下舒寧和虞飛遠的事。」她俐落地幫寧婉和傅崢倒了茶，直截了當地開啟了話題，「你們有什麼要問我的嗎？」

在徵得丁慧同意後，寧婉打開了錄音筆，然後她看了傅崢一眼，示意傅崢開始——

「我們想了解下舒寧的品性，就是站在同事的角度客觀評價，妳覺得舒寧是個怎樣的人？」

「舒寧工作非常認真，也很專業，做事有責任心，也很有衝勁，是個肯幹的實幹派，不弄那些虛頭晃腦的辦公室政治。辦事可靠但為人很溫和，脾氣很好，我有時候工作中有些咄咄逼人，急起來脾氣比較衝，但她都很包容，和我配合得非常好，我很欣賞她。」

丁慧喝了口茶：「雖然她只在公司裡做了一年，但幾乎所有人對她評價都很高，是那種難得工作能力和為人處世口碑都很好的。」

傅崢又依次問了不少問題，丁慧也都回答了，關於舒寧，她無疑給出了非常高的評價。

「那妳對虞飛遠有什麼了解嗎？他一畢業就入職你們公司了，也是妳的老同事了，他的性格裡是否有比較偏激的部分？」

能把舒寧打成那樣，寧婉覺得虞飛遠在工作中也未必好相處，然而令她意外的是，丁慧對此搖了搖頭：「他脾氣也挺好的，工作也挺負責，對待同事也挺友善的。」

寧婉皺了眉，沒想到虞飛遠日常生活中偽裝得還挺好，反而將自己最差的一面留給了最親近的家人。

「那也就是說，虞飛遠其實也挺好相處的？」

丁慧點了點頭：「對，他性格看起來有些木訥，雖然和他共事很久，但其實和他也不熟，只知道大家都說是老實人。」說到這裡，丁慧嘆了口氣，「說實話，舒寧電話裡說虞飛遠家暴的時候，我還挺不敢相信的，因為他在公司就從沒和人紅過臉，我一直以為他是那種很溫和脾氣很好的人。」

傅崢又就幾個細節提出了疑問，但丁慧的口徑也很一致：「我真的不是要故意隱瞞你們什麼，既然答應了幫舒寧這個忙，我肯定把自己知道的真實情況告訴你們，虞飛遠怎麼說呢，就是個很普通的正常員工的樣子，也沒多出挑，但也沒什麼出格。」

「那虞飛遠在私人感情方面，就他有沒有和公司裡哪位異性同事關係曖昧？或者是和其餘女性有過分密切的交往？」

撫養權糾紛裡為了證明對方不適宜帶著孩子生活，也可以從尋找對方婚姻裡存在出軌小三這幾點著手，傅崢很縝密地問出了寧婉也想問的問題。

只可惜丁慧給出了否定的答案：「沒有，他平時在公司裡既沒走得特別近的異性朋友，也沒有走很近的同性朋友，總之就一個挺普通的人，沒什麼特別異常的地方。」

丁慧的態度落落大方，她的表情也不像是作假，看來從工作上找突破是沒什麼太大可能了。

只是正當寧婉和傅崢準備收起錄音筆之際，丁慧抿了抿唇，像是有些遲疑要不要開口一般，寧婉敏銳，幾乎立刻道：「妳還有什麼想說的嗎？」

丁慧看向了錄音筆，果然有些掙扎。

寧婉了然，讓傅崢把錄音筆關了：「妳接下來的話不方便錄音是吧？」

丁慧見錄音筆關了，情緒明顯放鬆了不少：「倒不是要說什麼重要的話，只是可能是我的個人解讀，也很片面。」

她抿了抿唇：「這些話我也不知道我說適不適合，希望你們也不要告訴舒寧。我不是當事人所以無法評判家暴的真假，但他們會離婚這件事，我說實話，倒是不奇怪。」

「怎麼說？」

「雖說虞飛遠在公司也算是個兢兢業業的老員工，但說實話，比起舒寧來說，他工作能力真的差遠了，以往沒覺得什麼，但一看到舒寧，真的覺得她完全是為我們公司而生的，在機械設計上她真的特別有天分，虞飛遠也不錯，很認真，但他少了舒寧的靈氣，做事挺踏實，但……怎麼說呢。」

丁慧頓了頓：「舒寧就像是學校裡那種既聰明又認真一點就通的天才學生，虞飛遠則是認真努力但資質平平的學生，他們還是同個學校同個導師下面畢業的，但天資的差距實在太明顯了，就你們懂的，那種天才和普通人的差距。即便付出百分之九十九的汗水，普通人也永遠追趕不上天才的。」

傅崢看了丁慧一眼：「可這和他們兩個人的婚姻有什麼關係？舒寧的性格看起來很溫和，即便工作能力很優秀，也不至於會給虞飛遠造成強勢的壓力，她也不是咄咄逼人的類型，不能算是女強男弱的搭配吧，畢竟她其實挺聽虞飛遠的話。」

「不，舒寧完全沒問題，只是虞飛遠有問題……之前我覺得是我敏感多慮了，但現在回想起來，才覺得有點微妙。」

丁慧喝了口茶：「以往我們同事聚在一起誇舒寧，虞飛遠總要說，別誇她了，她就是個沒工作經驗以前在家帶小孩的全職太太，有些設計理念那都是瞎想的……總之，別人誇舒寧，他總要這樣說上兩句，而舒寧要是犯了錯，大家都安慰著呢，他就會很嚴肅地批評她，有時候甚至是些沒人注意到的小錯，但虞飛遠總是會拿出來做文章，一開始我沒多想，覺得他可能是想帶帶自己老婆，外加對老婆比較嚴格，可現在想想……他明明對別的同事看起來都很老好人，但對自己老婆卻有點苛刻……」

寧婉想到了舒寧想出去投履歷時虞飛遠對她的態度，突然茅塞頓開：「妳是不是覺得他在打壓舒寧？」

「對！」丁慧恍然大悟，「就是這個感覺，別人誇舒寧時，他就彷彿為了不讓她驕傲似的把她的優秀淡化；而她出了錯，他好像想讓所有人知道一樣宣揚誇大，讓我總覺得，虞飛遠其實很妒忌舒寧，看不得舒寧好，因為舒寧和他是同個專業方向的，她一來，虞飛遠工作能力不足的毛病一對比就暴露無遺了。」

可不是，明明虞飛遠才是和丁慧共事時間更長的一個，然後真說起對這個人的印象，丁慧張口閉口誇的都是舒寧，虞飛遠卻只是一個面目模糊無功無過的同事。

「也不是我一個人這樣覺得，我還聽幾個同事提起過，甚至我們總監也覺得舒寧真的太棒了，要是她不辭職，今年就準備破格提拔她呢，而虞飛遠呢，來公司都幾年了，一直沒提拔上，這次這個提拔機會，原本看他是勞苦功高的老員工，確實考慮給他，結果來了個舒寧，比他優秀一大截，雖然來的時間短，但一下子幫我們幾款售後投訴特別多的產品都找出了問題癥結，可算是對公司有重大貢獻，性子溫和但工作能力很強，在全公司有口皆碑，總監一下子就決定要提拔舒寧了。」

「而虞飛遠和舒寧是同個部門的，所以提拔了舒寧就不可能提拔虞飛遠了，不過大家沒當回事，還打趣他們，說反正是夫妻，肥水不落外人田。」

寧婉覺得自己終於在雜亂的線索裡抓到了關鍵的線頭：「所以舒寧辭職後，就提拔了虞飛遠？」

「是的。」丁慧說完，也有些不好意思，「對不起，這些都是我的胡亂猜測，家家有本難念的經，他們具體什麼事，還是當事人最清楚……」

她確實是無心說出的微妙感受，然而寧婉內心卻漸漸有了一個猜測——舒寧一直以為虞飛遠不希望她工作是出於大男子主義，覺得男人應該養家，女人就不要拋頭露面去賺辛苦錢了，但……有沒有可能，虞飛遠實際的意圖是不希望和自己同個專業、能力卻強過自己的舒寧出現在職場上？

親姊妹之間尚有嫉恨這樣的感情存在，那麼夫妻之間也未必不可能。

從舒寧告知自己兩人過去的戀愛細節來講，曾經她和虞飛遠無疑是幸福和相愛的，但虞飛遠的這份愛裡，是不是還參雜了對舒寧天分的嫉妒？因此才總有意無意打壓著她，彷彿要剪斷她的翅膀，把她永遠禁錮在家長裡短中。

丁慧對舒寧辭職顯然也充滿了遺憾：「說真的，舒寧這樣的人才不在這行從業真是一種浪費，當初聽說她要辭職回歸家庭，我就勸了很久，我和她差不多年紀也差不多時間結婚有孩子，我知道職場媽媽有多辛苦，但堅持下來也有很多回報，至少我也有自己的立足之地和一份事業，而不是每天圍著男人孩子這一畝三分地。」

「人吧，不能一直無所事事，現在她孩子還小，她還有很多事可以圍著孩子做，可等孩子再大點，有自己的世界和圈子了，不那麼需要她了，她那時候每天幹什麼呢？她這麼有天分的人，這個年紀回歸職場，還能跟上工作的節奏，可真的再過幾年，就算想回來，也回不來了……」

丁慧說到這裡，惋惜的同時也有些慶幸：「幸好我老公很支持我的事業，有時候忙起來加班，他就幫忙帶孩子。舒寧總說，她是女人，要多幫襯著點虞飛遠，可婚姻的意義不就是互相幫襯嗎？我怎麼覺得總是她在照顧虞飛遠的情緒和選擇呢？如果她和虞飛遠的婚姻讓她不得不自我犧牲，那說實話，這確實不是一段好婚姻，不論虞飛遠有沒有家暴。」

丁慧給人的感覺不像舒寧那樣溫婉，然而她比舒寧更理智，思緒更清晰，知道自己要什麼，也知道如何為自己而活，透澈幹練。她和舒寧做出了完全不同的選擇，因而也得到了完全不同的人生。

丁慧看了眼時間，朝寧婉和傅崢笑了笑：「午休差不多要結束了，你們後續有什麼問題可以再聯絡我，我先回去工作了。」

雖然和丁慧聊了挺久，但從離婚爭奪撫養權來說，其實並沒有得到很有價值的直接證據，甚至從丁慧的言辭裡，不難推斷虞飛遠平時相當「正常」，沒什麼太大存在感，但給人的感覺都是還行。

「那還需要去舒寧和虞飛遠的學校嗎？」傅崢抿了抿唇，「我們是不是應該轉換下思緒，想想別的突破口？」

事實確實如此，但寧婉還是決定去學校一趟，她還有一些事想要確認。

舒寧和虞飛遠畢業於容市的頂尖大學，跟的導師是機械工程領域的大拿顧葉軍。

寧婉打了電話給舒寧：「妳能約一下顧教授嗎？我們也有一些事想側面了解下。」

結果約丁慧時沒太過遲疑的舒寧，這時卻開口拒絕：『我已經畢業好多年了，顧教授可能早就不記得我這個學生了，而且學生時代的事對我現在的情況也沒什麼幫助吧？顧教授挺忙的，我覺得他不會接待你們的……何況，我和飛遠離婚這種事，也不想讓老師知道，畢竟他那邊也不可能有什麼幫助我爭取撫養權的證據吧。』

話是有道理，但寧婉想要了解的卻不是這些，她有個很重要的猜測需要去證實，只是沒有舒寧的引薦，又出於尊重她隱私的要求無法說出真實目的，那麼想要接近顧葉軍得到可靠的資訊就難上加難。

只是自己正遲疑著到底要不要放棄去學校，陪在一邊的傅崢倒是開了口：「既然妳覺得有需要去，那就試一試。」傅崢的眉眼很溫和，「我陪妳一起。」

傅崢擁有非常好聽的聲音，磁性裡帶一點蠱惑，寧婉本來有些動搖，然而他這樣講，讓她只想相信自己的直覺，而「陪妳一起」四個字，沒來由讓寧婉有些心跳加快，明明是出來辦案的，搞得像是什麼不正當活動似的。

她甩了甩腦子裡亂七八糟的胡思亂想，清了清嗓子，佯裝鎮定道：「那就去吧，顧教授要是不願意就算了，至少試一試。」

努力過了，即便沒有得到自己想要的資訊，也問心無愧了。

寧婉抱著或許不會成功的心態和傅崢一起趕到了學校，挺巧的，今天顧教授正好有課，兩人問了幾個學生，找到了機械工程系的教學大樓，在教室外等了十幾分鐘，看著顧教授結束了這節課——

「今天到此為止，課後作業已經傳到教學平臺了。我下週要出差參加一個學術論壇。」他說著，指了指坐在第一排的女孩，「期間如果大家對作業有疑問聯絡不上我的，可以聯絡姚玥。還有，上節課的小論文，課後你們交給姚玥。」

顧教授是個長相挺威嚴的人，看起來五十出頭，雖然頭髮花白，但精神矍鑠，戴了一副很老派紳士的眼鏡，眼神犀利，聲音洪亮。

這是一節幫大學生上的課，那位叫姚玥的女孩大略是他帶的研究生，幫忙承擔導師一小部分助教工作。

顧教授本來很快就要出教室，但有好幾個學生上臺請教問題，他便耐心地停下來，態度仔細地解答著，姚玥也在一邊記錄。

寧婉又耐心等了片刻，顧教授才終於解答完最後一個學生的疑問，先走了出來。

「顧教授您好，我叫寧婉，是一名律師，這是我的證件，關於您之前的一位學生，我有些資訊想要和您確認，不知道您方不方便？」

「是哪一位學生？我未必都還記得。」

顧教授的友善態度給了寧婉一些信心，只是她剛說出「舒寧」兩個字，顧葉軍臉色就變了——

「不認識！」

他黑著臉皺著眉扔下這三個字，連禮儀都沒顧及，就繞開寧婉逕自走了。

雖說不認識，但顧教授這氣到不行的姿態，顯然是記得舒寧的，甚至還印象深刻。

明明舒寧天資很好，成績也很棒，該是老師很喜歡的那類學生，怎麼顧教授一聽她名字，像是要老死不相往來一般……

雖然料到從學校打聽不出什麼，但這結果還是比想得更糟，寧婉有些沮喪，但傅崢卻拉住了她：「等一下。」

循著他的目光，寧婉才發現還在教室裡收作業的姚玥。

傅崢對寧婉笑了笑，然後朝姚玥走了過去，從寧婉的距離，聽不到他具體和姚玥說了什麼，只是看到姚玥的臉飛速地紅了，然後害羞又怯怯地望了傅崢一眼，又飛速移開了目光，不斷把頭髮撩到耳後來緩解自己的緊張。

傅崢身高腿長，原本寧婉看多了不覺得，如今他站在一群年輕的男大學生裡，才發現更是襯得氣質斐然鶴立雞群，像是恰到好處的酒，醇厚又清冽，帶了成熟男人獨有的魅力，舉手投足眉眼間都是年輕男性無法模仿的氣質，這麼一看，傅崢確實長得頗有幾分姿色。

也不知道他說了什麼，姚玥一下子就掩嘴笑了起來，像是被逗樂了，小扇子一樣的睫毛一顫一顫，這女孩長得也很清秀，站在傅崢身邊倒還挺養眼挺般配的，換作平時，寧婉說不定要欣賞一下，而如今，她站在一邊，心裡膨脹著一些道不明說不清的情緒，寧婉只覺得自己像一顆氣球，好像隨時都能爆炸，心裡發酸，彷彿被硬塞了一顆檸檬。

好在在自己快要酸死爆炸之前，傅崢終於帶著姚玥朝寧婉走了過來，他看著寧婉笑了笑：「我試著問了下姚玥，她現在是顧教授帶的博士生，但學士碩士博士都是在這裡念的，大學時就聽說過舒寧，舒寧還曾經是他們那時候的助教，是顧教授最重視的得意門生。妳有什麼，倒是可以問問她。」

寧婉很快回到了工作狀態，也認真起來，她看向姚玥：「既然舒寧以前是顧教授的得意門生，為什麼我剛才問他，他不僅號稱不認識，還很牴觸？這裡面是發生了什麼事嗎？」

姚玥看了傅崢一眼，沉吟了片刻才開了口：「顧老師以前確實特別喜歡舒寧學姐，本來顧老師就指望舒寧學姐接他衣缽了，鼓勵她繼續深耕學術留校任教，後來舒寧學姐考慮之下想去工作，顧老師也很支持，還內推了好幾個大公司給她，可惜最後……」

「最後舒寧選擇了結婚生子當全職太太？」

「是的，顧老師覺得她太浪費自己的天分了，但只是這樣顧老師也不會這麼生氣，舒寧學姐的個人選擇他雖然不認同卻也尊重，他和舒寧學姐為什麼變成這樣主要還是學姐結婚後就漸漸疏遠了顧老師。」

別說寧婉，傅崢也皺起了眉：「是她和顧教授之間有什麼矛盾？」

「沒聽說過，顧老師真的特別欣賞舒寧學姐，以前張口閉口就是舒寧學姐怎樣怎樣，和我們講課總要把我們訓一通再讓我們向舒寧學姐看齊，何況顧老師對我們每個學生其實都挺好，絕對不是那種會壓榨研究生的導師。」

姚玥咬了咬嘴唇：「其實舒寧學姐畢業結婚後不只疏遠了顧老師一個人，她幾乎是把和學校裡原本的人脈關係都徹底砍斷了的感覺。」她頓了頓，解釋道：「我以前也加過舒寧學姐的好友，結果有次校慶想通知她來，才發現被她刪掉了，問了幾個別的同學包括和舒寧學姐同期同學、那幾個現在留校任教的老師，也都發現被刪掉了，顧老師也是那時候才發現自己也被刪了……」

「她把你們都刪了？」

「嗯，是的，問了一圈，大家無一例外都被刪了，顧老師生怕舒寧學姐是出了什麼事，還託人打聽了，結果發現人挺好的，就是不想和我們聯絡而已……」

「所以顧教授才會對舒寧這個態度？」

姚玥點了點頭：「自此之後，在顧老師面前就不能提舒寧學姐的名字了，顧老師覺得自己這麼掏心掏肺地對這個學生，卻被刪好友了，實在是……」

難怪顧葉軍剛才如此生氣，設身處地一想，也是完全可以理解，自己一直掛在嘴邊誇的得意門生，即便從沒想過得到對方的回報，但總不至於落得被學生無情刪出社交圈的下場，換作是任何人，都會生氣，都會想和舒寧老死不相往來。

可姚玥說得越多，寧婉心裡的疑惑就越大，因為舒寧看起來並非那種忘恩負義的人，她性子相對來說非常溫吞，溫吞到好欺負，雖然專業能力過硬，但並沒多少決斷力，也不是個多有主見的人，才會被虞飛遠「男主外女主內」的思想洗腦，虞飛遠讓她做什麼就做什麼，把過去認識的親友老師都刪除這種事，根本不像她會主動做的……

「所以顧老師和你們是怎麼意識到舒寧就是不想和你們聯絡的？」

姚玥抿了抿唇：「因為我們聯絡了虞飛遠學長啊，舒寧學姐不是和他結婚了嗎？找不到舒寧學姐，我們自然第一時間想到了學長，幸好學長都留著我們的聯絡方式呢，結果我們詢問舒寧學姐的事，學長也超級為難，一開始也不肯說，後面憋不住說了實情，原來他也勸過舒寧學姐不要這樣，但學姐覺得反正自己做全職太太了，以往像我們這些搞機械的窮學生以及多大社會資源的老教授，就沒必要再維繫情誼了。」

這下不只是寧婉，傅崢也覺察出了明顯的不對勁：「虞飛遠這麼說？」

不論如何，一個丈夫如果真的愛他的妻子，都不應當在外人面前指摘她的缺點，即便自己妻子有錯，也應當是竭力維護其形象，而非虞飛遠這樣，不僅沒有維護，反而把妻子刻劃成一個忘恩負義、勢利市儈的形象……

姚玥看了傅崢一眼，臉又有些紅：「嗯，是的，學長其實還……」

「其實還和妳抱怨舒寧有這樣那樣的缺點，和妳倒苦水暗示自己婚姻裡也有不幸福不如意的地方？」

姚玥愣了愣，有些驚訝地看向傅崢：「傅律師怎麼知道？」

傅崢沒有回答，他看了寧婉一眼，而寧婉從這個眼神裡已經接收到了傅崢的訊息——他也意識到了。

寧婉的心情有些沉重，此前她的猜測，看來是真的。

她深吸了一口氣：「如果沒猜錯的話，他這樣以後，妳安慰了他，然後他自然而然感謝了妳，並且還說了些妳善解人意溫柔體貼這類表揚的話，言辭裡說實話有些曖昧，對不對？」

姚玥點了點頭，但立即解釋道：「不過我沒有再回他了，因為我覺得學長是已婚身分，我和他接觸過密的話不太適合。」

寧婉有些讚許：「妳是對的。何況他可能不只和妳一個學妹這樣抱怨自己的老婆尋求安慰。」她看了姚玥一眼，想起什麼般繼續問道：「那能問問你們顧教授對虞飛遠的評價嗎？畢竟虞飛遠也是他帶的博士生。」

姚玥看起來有些遲疑，傅崢便又認真地看向了她，臉上帶了溫柔的笑意：「姚玥，我們真的很需要妳的幫助。」他黑亮而漂亮的眼睛就這樣緊緊盯著姚玥，「妳可以幫一下我們嗎？」

這男人，都開始出賣色相了……

寧婉簡直目瞪口呆，傅崢剛來社區的時候多一板一眼冷豔高貴神聖不可侵犯，別說他對妳使美人計，就是妳要對他使美人計，恐怕都要挨他一個白眼，如今倒是……很親民很物盡其用了……

但不管如何，美人計確實管用，姚玥果然不敵這眼神，最終點了點頭：「虞飛遠學長的話，他念書態度一直很好，顧老師也說他很認真，雖然和舒寧學姐一樣是他的博士生，但顧老師明顯偏愛舒寧學姐，學姐在校期間就已經在幾個核心期刊上發表好幾篇文章了。」

「那就是顧教授對虞飛遠評價也還不錯？」

「一開始還行吧，後來就……」姚玥咬了咬嘴唇，「之前有次我們幾個幫顧老師慶生他喝多了，酒後痛罵了虞飛遠學長，我才知道原來顧老師很討厭他。」

「為什麼討厭？因為舒寧？所以恨屋及烏？」

姚玥看了傅崢一眼，搖了搖頭：「顧老師說，虞飛遠這個人看起來老實，沒想到這麼有心機，喝醉以後拉著我們說了好多。」

「之前我們一直很羨慕舒寧學姐和虞飛遠學長，因為畢業的時候兩個人都已經在核心期刊上發了差不多數量的文章了，大部分文章舒寧學姐是第一作者，虞飛遠學長是第二作者；但之後也有幾篇虞飛遠學長是第一作者，學姐是第二作者，總之在當時的我們看來，他們就是學霸之間的強強聯合，但顧老師卻告訴我們不是這樣的……」

「顧老師說，其實學長的學術能力根本不行，那些第二作者，都是因為他當時正和舒寧學姐戀愛，舒寧學姐喜歡他喜歡得不行，覺得應該要提攜男朋友幫他掛上的；另外學長那些第一作者，實際的撰稿人也是舒寧學姐，完全是她代筆卻把掛第一作者的機會給他……」

這倒還真的挺像舒寧的風格，為愛犧牲、為愛甘願幫對方鋪路，對權力名譽都沒有那麼大的欲望，因此連第一作者的署名權都願意拱手送給虞飛遠。

「以前顧老師有多誇讚舒寧學姐，現在他就多把她當成反面案例，每次一喝酒就總忍不住嘮叨關照我們這些女學生，叫我們千萬別因為戀愛就沒腦子，自己永遠要排第一，先愛自己再愛別人，事業第一，讀到博士不是為了回家相夫教子的……」

即便此刻是姚玥轉述，寧婉都能想像出顧教授說這話時內心的惋惜，對於愛才的老教授來說，遇到舒寧這麼有天分的學生也是緣分，然而這學生不僅沒有選擇做學術，也沒選擇做實業，反而是結婚生子把自己圈養在家庭生活中泯然眾人了，甚至把自己這個老師和過往的人脈都斷了乾淨，像是要和過去一刀兩斷專心當個金絲雀似的……

傅崢又就幾個細節詢問了姚玥，才結束了調查，對她表示了感謝。

姚玥卻有些臉紅：「傅律師，可以加個好友嗎？」她緊張道：「萬一我以後想起什麼線索，也可以告訴你。」

傅崢自然是笑著拿出手機和姚玥互加了聯絡方式。

對辦案來說，這很正常，然而寧婉沒來由的就想翻白眼。等和傅崢走離了學校，寧婉還是憋不住了——

「女的不能戀愛腦，男的也是。」寧婉瞥了傅崢一眼，然後佯裝不在意地轉開了目光，「辦案第一，戀愛第二啊。」

自己這話下去，傅崢一開始愣了愣，隨即就看著自己笑了起來：「知道了。」

寧婉不自在地咳了咳：「就……我也勉強算你半個老師吧，為了防止你重蹈舒寧的覆轍，你要是想戀愛拿不準對方適不適合，還是可以先讓我看看的，我眼光怎麼說也比你毒辣很多……」

「我不戀愛。」傅崢看向寧婉，然後斂了目光，「我都三十了，還只是一個實習律師，事業無成，不配談戀愛。」

結果寧婉也不知道自己怎麼回事，看傅崢加別人有戀愛跡象，自己不開心，一聽傅崢說醉心事業無心戀愛，又不開心……

她甩了甩腦子裡的想法，決定先專注舒寧這個案子——

「現在多方面了解下來，這個案子你怎麼看？」

傅崢抿了抿唇：「不太好打，可能是持久戰，虞飛遠大概不會願意協議離婚，但他很聰明，幾乎沒有什麼證據可以證明感情破裂，包括舒寧的傷，因為沒有及時報警存證，恐怕也難以作為證據，另外我之前查閱過判例，法律實踐裡，即便真的存在家暴，只要男方表示認錯，很多法院第一次起訴也不會判決離婚。」

案子進展到這裡，還是要尋求別的突破口。

「但舒寧和虞飛遠這婚，不管多難，都得離。」寧婉想起舒寧，心裡很沉重，「你也看出來了吧？虞飛遠除了對舒寧進行身體上的暴力，連精神上也沒放過，和她談戀愛，戀愛後讓她利用自己的資源提攜，占盡好處，可一方面吸著她的血，一方面還要打壓她嫉妒她防著她，成天洗腦她什麼男主外女主內的想法，包括婚後斷絕和原本親友的聯絡，讓她被動的縮小社交圈，我懷疑都是虞飛遠洗腦她讓她幹的，甚至舒寧原本準備去工作，也不準備生小孩，結果還莫名其妙意外懷孕了，現在想想，你不覺得都很可疑嗎？」

傅崢點了點頭：「包括她想要重回職場投履歷前，虞飛遠又是極盡打擊，等去了深藍機械後，虞飛遠也逮著機會就放大舒寧的錯誤，淡化她的能力。」

寧婉本來對這次來學校取證並沒有抱多大希望，確實自我懷疑過這是在浪費時間，對案子毫無推動，然而如今和姚玥談下來，才慶幸自己來了這一趟。

本來以為虞飛遠和舒寧只是一般的家庭婚姻糾紛，然而越挖掘虞飛遠這個人，她才越覺得可怕，他根本不是一個家暴渣男這麼簡單，這活脫脫就是個PUA高手啊！

他幾乎是步步為營地斬斷了舒寧的路，斷絕過去的親友，不希望她參與職場，各種打壓她的自我認知，以至於舒寧被家暴多年，都沒個可以傾訴的對象，在他的毆打和事後的認錯下跪甜言蜜語裡，選擇了在這種境遇裡繼續生活下去，久而久之甚至接受了他的那一套洗腦，完全失去了自己的獨立性，覺得女人就是該服務伺候男人。

幾乎是從學校一趕回社區辦公室，寧婉就打電話再次約了舒寧，她還有一些細節需要確認——

「妳結婚後把以前同學老師的聯絡方式都刪掉了？為什麼？」寧婉也不虛與委蛇了，她直接開門見山地問道：「是不是虞飛遠讓妳這麼做的？」

舒寧顯然愣了愣：「這和離婚有什麼關係嗎？」

「妳不方便說嗎？」

舒寧苦笑了下：「這倒沒什麼，你們最後還是去學校了吧？顧老師是不是一提到我，根本不想見你們。」

寧婉和傅崢對視了一眼，沒有說話。

舒寧長嘆了口氣：「刪掉他們確實是為了飛遠。」她回憶道：「當初雖然畢業了，但和幾個同級的朋友都在同個群組裡，大家時不時還聊聊天，我們機械工程本身男生多，所以群組裡也是異性居多，但說實話我和他們真的就只是朋友而已，可飛遠死活不信，見我和誰聊都吃醋。」

「他吧，當時就是太喜歡我了，醋勁可大了，見我和誰多說句話都不行，連和顧老師聊天，他都能不開心幾天，說自己沒安全感，生怕我隨時離開他。有好幾次為了這件事和我吵架，其實我都願意隨時讓他查我手機了，他還有什麼不放心的呢？後來有一次，吵得太厲害了，他為了這事甚至要自殺，我想了想，反正以後一起過日子的人是他，人生有個陪在身邊的伴侶就行了，其餘朋友確實只是過客，怕他再做傻事，我就索性把過去的朋友同學，連顧老師都刪了。」

如此恐怖病態的占有欲，舒寧如今講起過去這段經歷，臉上竟然露出了點惋惜感慨和不捨：「當初看我們關係多好，他愛我愛得隨時能吃醋，為我可生可死，願意把命都給我，可如今，竟然對我動拳頭都不心痛了……」

寧婉幾乎想要晃著她的腦袋叫她醒醒，還什麼為妳可生可死，把命都給妳，這不是什麼言情小說，現實裡遇到這種可怕的偏執型人格，腦海裡只應該有兩個字——

快跑！

可惜舒寧沒有跑，她沉溺在虞飛遠編織給她的戀愛夢境裡，真的聽話的斷絕了和過去朋友恩師的聯絡，自甘平庸地隨虞飛遠擺布，以至於如今被家暴要離婚，甚至無法對家裡具體的財產明細做出舉證。

好在她至少決定要離婚了，遠離虞飛遠，總能開啟新的人生。

寧婉本想和盤托出虞飛遠的真面目，然而舒寧卻打斷了她的話頭，她有些憔悴地看了看時間：「我得馬上去接我女兒，快放學了，兩位律師，後面還有什麼我們電話聯絡。」

寧婉看了下時間，也不強留舒寧了，反正她要離婚，之後的溝通裡有充足的時間幫她揭露虞飛遠的嘴臉。

第十三章　最好的女孩子

只是寧婉沒想到的是，自己和傅崢這邊還在苦思冥想取證問題，短短兩天時間，舒寧那邊卻變卦了——

「寧律師、傅律師，我想了下，還是決定不離婚了。」她臉上的傷還沒徹底好透，然而卻徹底推翻了自己之前的決定，「就……孩子還小，我離婚了，孩子就成單親家庭了，就算把孩子的撫養權爭取過來，我又要上班又要帶孩子，孩子的生活環境也不如雙親家庭好……」

舒寧語氣有些尷尬，但語速卻飛快，彷彿要說服的人不是寧婉和傅崢，而是她自己：「這次飛遠出差回來，也帶了很多禮物給我，還特地準備了燭光晚餐賠罪，帶我去了以前我們戀愛時去過的地方，他說這次真的是痛定思痛，認清自己的過錯了。」

「可他上一次也是這樣說的啊！最後不還是繼續家暴了？！」

舒寧卻無法體會寧婉的焦躁，她垂下頭：「這次我相信飛遠是認真的，我趁著他在出差和他提出了離婚準備分居，結果他立刻就瘋了，說真的不能沒有我，當天晚上就割腕了……還傳了割腕的影片給我，直到我最後同意不離婚，他才肯去醫院，我……我聽到他在電話裡哭得那麼傷心，又聽他提起我們的過去，還有孩子，我就……我還是心軟了……我決定再給他一個機會……」

舒寧還在絮絮叨叨地說著什麼，寧婉心裡的負面情緒卻幾乎要爆炸，明明她已經是個獨立的能決定自己人生的成年人，但時光在這一瞬間，彷彿一個輪迴，寧婉覺得自己好像回到了那個年幼的夏天——那個逼仄的、潮濕的、陰暗的，看不到前路的夏天。

一整個夏天裡，她的父親都不斷重複著借錢、賭錢、輸錢、被追債、喝酒、打自己媽媽撒氣的路線，每一分每一秒，自己耳邊縈繞的彷彿都是他不堪入耳的罵罵咧咧，伴隨著東西被不斷摔爛的聲音。

玻璃的碎渣，熱湯澆到地上冒出的白氣，落在自己母親身上的拳打腳踢，還有那種隱藏在空氣裡的血的味道。

這些記憶碎片幾乎伴隨了寧婉整個青春期，讓她覺得自己像是一株明明並不喜陰卻生活在終日不見陽光的密林裡的植物，她的青春裡沒有輕鬆，沒有懵懂的初戀，沒有任何可以值得回味的東西，有的只是母親無聲的哭泣、父親的暴力嘶吼以及捉襟見肘的缺錢——為了填補她父親的賭債，家裡所有積蓄幾乎都被他翻箱倒櫃帶走，除了母親以挨打換來的僅剩的生活費、學費之類，寧婉就必須自己打工賺。

在漫長的壓抑裡，寧婉努力壓制著心裡的氣憤和不甘，她心裡一直問著同一個問題——她的媽媽為什麼不離婚？為什麼不能果斷地離開她的父親？為什麼一次次受傷後總在男人虛假的認錯裡再次原諒？

「孩子還小，還是得有爸爸媽媽，我決定還是要給她一個完整的家庭……」

舒寧還在柔聲講著什麼，而這一刻，在寧婉的眼裡，她那過分溫順到逆來順受的模樣和自己記憶裡的母親終於重合了起來，連她們忍受這種生活的藉口都一模一樣——

「要不是有了我女兒，我可能也還會考慮離婚，但仔細想想，我不能這麼自私，我要是離婚我女兒就成了單親家庭的孩子，未來找對象都很難，很多男方家裡很介意單親的，覺得孩子成長氣氛不健康……」

寧婉知道自己應當克制情緒，然而這一刻，內心多年來的憤怒終於還是決了堤。

「孩子孩子，說得好聽是為了孩子，假借孩子當擋箭牌有意思嗎？說白了就是因為妳膽怯妳懦弱，妳連離開一個錯誤的男人重新開始自己人生的勇氣都沒有！」

她看向舒寧，語氣裡都因為巨大的情緒而帶了淡淡的顫音，傅崢愣了愣，想要阻止她，然而這一刻，寧婉已經什麼都顧不上了——

「妳覺得妳很無私嗎？到頭來把自己遭受家暴的緣由歸到小孩頭上就好？然後等孩子大了，告訴她，媽媽是為了妳才過成這樣的？讓小孩一輩子活在對妳的愧疚裡？」

舒寧顯然沒料到寧婉突然發難，整個人都愣住了。

「妳覺得生活在家暴裡的小孩能有什麼幸福可言？能有什麼健康的家庭環境可言？一個有愛的安全的環境才是孩子最需要的，即便離異，也比守著個垃圾強！」

而舒寧明明就是虞飛遠的受害者，可此刻卻維護起加害者，甚至隱隱有些生氣：「飛遠沒有妳說得這麼差勁，麻煩妳不要人身攻擊，他……」

人總是難以坦然承認自己的錯誤，難以自認自己選擇配偶的眼光有多差、自己的品味有多糟糕，因此即便內心隱隱覺察到問題，也會自我洗腦和麻痺的去掩蓋問題，更何況舒寧這種遭到虞飛遠長期PUA打壓洗腦的。

在社區這麼長時間裡，寧婉不是沒見識過比虞飛遠人品更差的人，然而沒有什麼事能讓她像這個家暴案一樣感同身受、一樣氣憤。

「舒寧，妳自己看看妳過的是什麼日子？妳比虞飛遠優秀多了，結果淪為他的工具，被壓榨，在妻子和母親之外，妳的身分首先是妳自己！可妳現在有什麼自我？虞飛遠不是第一次打妳了，每一次暴力都在升級，可妳竟然還能忍？難道真的要等他把妳打出不可逆的傷害，真的要把妳打到威脅到生命，妳才會醒悟？」

「人如果不自救，沒有任何人可以幫她，妳不離婚，就繼續生活在這種地獄裡吧！也別覺得自己多偉大為了孩子忍受，不是妳孩子對不起妳，是妳對不起她！是妳懦弱和愚蠢選擇不離婚以至於讓孩子童年裡都是這些暴力的陰影！」

寧婉的話尖銳又犀利，舒寧的臉色以肉眼可見的黑了：「妳這是什麼人？妳不會就是反婚反育的極端女權吧？做律師不應該尊重當事人嗎？我不想離婚了還不行？飛遠是我的老公，我相信他能改，難道妳還要按著我的頭離婚？寧拆十座廟不拆一樁婚，妳這人心理扭曲沒安好心吧？離婚的女人有多難妳根本不知道，我離了婚和孩子日子過不好妳能負責嗎？」

舒寧本來是個優柔寡斷的人，寧婉沒想到自己一番話不僅沒把她罵醒，反而把她的逆反心理罵出來了，如果說她原本對浪費了寧婉和傅崢的時間幫自己調查取證還心存愧疚，如今就連這點愧疚都一掃而空了。

「就說你們這種能來做社區律師的都不會是什麼好律師！」舒寧恨恨道：「都是什麼人！我離不離婚關妳什麼事！飛遠說得果然沒錯，像妳這種底層律師，巴不得我離婚，就為了賺我的律師費！一見我不肯離婚就露出這種嘴臉了！真是不要臉！」

舒寧說完，也不再顧及寧婉的反應，就這樣拂袖離去了。

寧婉望著她的背影，只覺得心間湧動著失望頹喪和憤怒，同樣的故事，同樣的結局，不自覺間，寧婉還是把對自己母親的期望投射到了舒寧身上，只是很可惜，舒寧並沒有什麼不同，她幾乎是主動地選擇回到那種被精神控制的生活裡。

這是寧婉做社區律師以來最灰暗的一天，然而當她以為這已經是職場生涯低谷的時候，生活又一次給了她重擊——她被舒寧投訴了。

舒寧是在第二天直接去正元律所總所投訴的。

「是個男的陪她一起去的，說是她老公，叫什麼虞飛遠，態度很激烈，說妳為了案源和代理費教唆他老婆和他鬧離婚，破壞他們家庭幸福，要求律所對妳做出嚴肅處理，否則還要去媒體曝光我們律所……」

邵麗麗為了這件事，幾乎是一早就氣喘吁吁跑來了社區：「因為我當時正好在所裡，也算目睹了全程，這男的看起來誓不甘休的樣子，那女的又都聽那個男生的，妳也知道，一旦所裡收到這樣的投訴，是要啟動調查流程的，但如今他們夫妻一條心，只要一口咬定是妳搞事，最後還是妳裡外不是人……」

寧婉氣得不行：「這虞飛遠還真是個PUA導師級人才，除了會洗腦也特別會分化舒寧身邊任何她可以求助的資源，從讓她斷絕了和過去親友老師的聯絡，到如今讓她徹底和想要幫助她的律師一刀兩斷，步步為營，真的是個中好手。」

邵麗麗一臉焦急：「都這時候了，妳就別想舒寧了！寧婉，妳要想想妳自己！我還有個庭要開，先走了，妳趕緊想想辦法！」

邵麗麗提前通風報信完一走，寧婉臉色也不太好看，但沒多久，季主任打電話讓她去社區的一棟公寓裡趕緊調解個家庭糾紛案子，寧婉也沒時間多想，拎起包就走了。

這下辦公室裡就剩下了陳爍和傅崢兩個人。

自聽到寧婉被投訴以後，陳爍臉色就陰沉難看，此刻寧婉不在，他心裡對傅崢的敵意已經噴湧而出——

「有些拖油瓶害別人被投訴，自己反而還能雲淡風輕坐在這，也真是厚臉皮！」

陳爍此刻心裡的懊悔簡直沖天，要是他堅持這個家暴案子陪著寧婉去就好了，要是自己陪著，一定能及時感受到寧婉的情緒變化，至少不會讓案子變成這樣……

要不是傅崢……

然而對於自己如此咬牙切齒的憤怒，傅崢的臉上卻仍舊不鹹不淡：「寧婉被投訴和我沒有關係，並不是因為我的操作不當才導致了這一切，是因為她自己沒有控制好情緒。」

對於寧婉被投訴這件事，傅崢其實並不意外，不要過分代入自己當事人的情緒，不要感情用事，這幾乎是一個律師剛入門時就該懂的道理，寧婉作為一個在基層摸爬打滾多時的律師，卻犯這種基礎的錯誤，甚至傅崢攔都攔不住。最終她面對舒寧完全情緒失控，這是非常不應該和低級的，但是錯誤就要付出代價，被投訴也是她必須承擔的後果。

傅崢習慣了上位者的思考方式，在對待這種低級錯誤時，心裡對寧婉惋惜的同時，也有些鐵血的一視同仁。

有時候，犯錯和懲罰是為了更好的進步。

寧婉辦這個案子確實全心全意，但做律師，切忌覺得自己是當事人的救世主，更不應當覺得應該捨己為人。

「別扯這些有的沒的場面話，我就問你，傅崢，你幫不幫寧婉求情？我肯定會去，但我不是案子的經手人，說的話證明力和分量自然打折，只能側面證明寧婉平時在社區勞苦功高，這個案子的具體情況，還是要你去澄清……」

傅崢抿了抿唇：「寧婉在社區確實可圈可點辦事認真踏實，但舒寧這個案子，她和當事人溝通的方式確實有問題，也太過情緒化。」他直截了當地拒絕了陳爍，「我不會去求情，因為她確實做得不對。」

「律師確實能用法律幫助很多人，但不是所有人都值得幫助，也不是所有人都可以幫助，這世界上總有那麼幾個叫不醒的蠢貨，那麼這時候，律師要做的就是遠離這些蠢貨並且保護好自己。」傅崢看了陳爍一眼，「她一個工作幾年的律師，連這點道理都不懂，連自己的情緒都控制不住，被人投訴，也是情理之中。」

傅崢的話其實沒有毛病，然而陳爍還是異常氣憤：「枉費寧婉那麼照顧你，你就這麼忘恩負義？是怕去求情的話會讓合夥人覺得這個案子你可能也有錯，以至於合夥人對你印象不好是吧？」

傅崢抬了抬眼皮，看了陳爍一眼：「我不會在意別人對我是什麼印象，寧婉做錯了被投訴，這對她來講也是一種變相成長。」

陳爍簡直氣壞了：「既然是變相成長那你怎麼不去成長？」

自己都說到這分上了，結果傅崢這人還是雲淡風輕理直氣壯，他看了陳爍一眼，像看白痴一樣：「我又不需要成長。」

陳爍已經快氣瘋了：「我就不該讓你和寧婉去辦家暴案，你這人自私透頂，平時蹭著寧婉刷履歷，關鍵時刻心裡卻只想著自己，根本不會在乎寧婉的感受，你根本不知道她每次去辦家暴案就要想起自己的過去一次……」

傅崢本來沒什麼特殊反應，聽到這裡，才微微皺起眉。

「她會情緒激動不可自控完全是因為她就在這種家庭環境裡長大的，她的爸爸就是個垃圾！除了賭錢和打罵幾乎什麼也不會，寧婉高中時就一直在外面打工賺生活費了，她國高中一直過得很苦，而且她爸爸除了打她媽媽，有時候喝多了還會打她。」

陳爍越回憶就越心痛：「她根本就不該去辦家暴案，根本就不應該去自揭傷疤，我應該攔住她的。」他看了傅崢一眼，自責道：「至少不是讓你陪她去……」

陳爍說到這裡，看向了傅崢：「你真的不去幫寧婉求情解釋是嗎？」

剛才的憤怒消散後，如今陳爍也冷靜了下來，妄圖對傅崢曉之以理動之以情：「你可能是新來的不懂我們正元的規矩，在我們所，被這樣投訴一次不是扣點獎金這麼簡單，只要有一個投訴，當年就無法申請參選任何合夥人的團隊，寧婉已經在社區蹉跎太久了，她的能力完全可以勝任總所的業務，今年正好有美國新加入的高級合夥人需要組建團隊，如果沒有這個投訴，寧婉就可以去申請，要知道我們所合夥人的團隊基本很穩定，如果投訴無法撤銷，錯過這次，要到猴年馬月她才有機會再進可靠的團隊？這投訴幾乎關係著她的職業生涯！」

傅崢抿了抿唇，言簡意賅：「不去。」

笑話，自己一個高級合夥人替員工求情？

何況錯了就是錯了，不論如何情有可原，寧婉把自我情緒和經歷過分代入個案，就是不對的，作為合夥人，思緒必須跳出陳爍這樣的盲點，管理員工最忌諱的就是過分人情化，這也有苦衷那也有緣由，這樣每個人犯錯豈不是都有情可依都無法懲戒了？

即便自己再體諒寧婉，即便寧婉的過去再不容易，也不能成為自己徇私為她直接抹除這次投訴的理由。

只是傅崢還是有些在意陳爍的話，他想起了寧婉在自己面前第一次醉酒，她的眼淚，她低聲的啜泣，那自嘲的語氣，她微顫的睫毛和那種讓人無法忽略彷彿會傳染的低落和難過……

因為寧婉後面的嘻嘻哈哈，傅崢一直以為寧婉是酒後胡扯，她看起來像是陽光裡長大的女孩子，大大咧咧風風火火，以至於傅崢根本不認為她曾經生活在這樣的環境裡……

只是沒想到她那個糟糕的父親，並不是酒後杜撰出來的，而是真的。

辦案也好管理也罷，都忌諱過分代入當事人的情緒，傅崢一方面理智地評價著寧婉辦理這個家暴案過程中的過分情緒化，卻沒有意識到，自己其實也已經不自覺正在代入寧婉的情緒。

所以她高中是因為需要不斷打工還要忍受這樣的父親，才沒能全力以赴考到更好的學校嗎？所以高中時候的寧婉是什麼樣的？即便生活在壓抑裡，仍舊能笑得這麼燦爛嗎？

傅崢越想，越有些不明所以的煩躁，他知道自己不去干涉客戶的投訴是對的，但同時又近乎矛盾地覺得不對。

高遠這兩天為了個破產清算案子忙得焦頭爛額，好不容易剛閒下來準備在自己辦公室屏風後小睡一下，結果陳爍就火急火燎衝了進來——

「高Par，寧婉那個投訴……」陳爍本來是這批年輕律師裡穩重可靠的佼佼者，然而這一刻，他臉上寫滿了不加掩飾的著急，連一貫的沉穩都忘了，「她那麼做真的不是為了案源，而是出於對當事人的怒其不爭，因為她母親也常年遭受父親家暴卻總不離婚，她小時候過得一直很壓抑，所以才特別感同身受，也更希望幫助當事人擺脫被家暴的命運，她那麼做真的是情有可原……」

寧婉這件事高遠也知情，他目前是分管人事的，所有投訴最終自然都流轉到他的手裡，陳爍喜歡寧婉，來找自己求情他可以理解，但是——

「陳爍，我知道寧婉在社區工作很認真，你也不用和我講她的不容易或者從小的經歷，我們是法律人，你該知道，很多刑法案子裡，有些嫌疑人確實有可憐之處，但犯罪了就是犯罪了，法律不會因為他的成長環境怎樣就對他寬容，不然就稱不上法律了。」

高遠的聲音很鎮定冷靜：「我們律所的規矩也是這樣，我作為所裡人事的管理層，不可能因為寧婉情有可原就網開一面，既然被投訴，那麼該怎麼處理就怎麼處理，必須要給當事人一個交代，該處罰就處罰。」

陳爍自然不甘心，他還想爭取，然而高遠已經態度明確地下了逐客令。

身分差擺在這裡，陳爍再想替寧婉出頭，也沒有辦法，只能乾巴巴地朝高遠道了歉，然後臉色沉重地出了辦公室。

只是好不容易送走陳爍，高遠還沒來得及轉進屏風後，沒過多久，傅崢竟然推開門逕自走了進來——

「我有事和你說。」

高遠沒脾氣了，覺得自己今天怕是小睡不了了，他索性決定不睡了：「什麼事啊？」

「寧婉被投訴了。」傅崢看了他一眼，「你準備怎麼處理？」

高遠的腦海裡瞬間進行了一場拉鋸戰，他盯著傅崢，妄圖從他臉上找出點端倪，這時候找到自己，傅崢到底是什麼意思呢？是希望自己按規則嚴懲寧婉，還是因為傅崢和寧婉共事了一段時間希望自己寬容處理？

賭大還是賭小？

賭大吧！

「那當然是一碗水端平正常按照規定處理啊。」

很好，似乎賭對了！傅崢臉上至今沒有表情變化！

高遠笑了笑，進一步邀功道：「自從你上次指出了沈玉婷團隊的問題還有我們所裡一些管理漏洞，我也反思了下，確實有時候太睜一隻眼閉一隻眼了，對有些律師的不當操作處罰不夠嚴厲，這次寧婉被客戶投訴，你儘管放心，我一定按照流程和規矩嚴格處理，她也算個資深律師了，怎麼可以這麼情緒上頭，是要狠狠敲打敲打她。」

傅崢沒有表態，只繼續問：「陳爍是不是來找過你求情了？」

「可不是嗎？」高遠為了表現自己不徇私，熱情解釋道：「其實還挺巧，和你前後腳，人剛走呢，年輕人也不容易，他平時做事都很穩重，這次也是為了寧婉都衝動地過來找我爭取了，看來是愛得深沉啊！」

「所以你感念人家的愛深沉就放水了？」

高遠當即立刻表態：「當然沒有！我義正辭嚴地拒絕了他！」

高遠原本有些摸不著傅崢的態度，但自己這話下去，只見傅崢露出了滿意的笑，言簡意眩道：「拒絕得好。」

高遠鬆了口氣，自己賭大果然賭對了！

高遠一時之間有些飄飄然，他覺得自己果然是了解傅崢的！傅崢確實是不近人情派的！雖然寧婉和他一起在社區工作了挺久，但真的被客戶投訴了，傅崢也絕對不會開後門，他就是一個這麼冷酷無情的男人！

結果高遠正等著傅崢進一步表揚，卻聽傅崢話題一轉莫名其妙講起了別的——

「所以說，有時候年輕，也真的未必都是好事。」

「？？？」

傅崢看起來心情很好，他微微笑了笑，看向高遠：「雖然大部分時候覺得年輕更好，但是很多事情就是這麼殘酷的，權力地位、話語權和決策權，還是掌握在像我們這樣年長的人手裡。這就是年齡的優勢和魅力。」

啊？

高遠還沒來得及反應，就聽傅崢繼續道——

「寧婉的投訴你不用跟了，我來跟。」

這下高遠倒是有些不忍了：「哎，別了吧？你和寧婉好歹在社區共事一場，你這麼心狠手辣處理她，等以後你回總所恢復身分，寧婉不恨死你？這個壞人還是我來做吧……」

傅崢卻抬頭看了高遠一眼：「誰說我要心狠手辣處理她？誰和你說要處理她了？不准處理她。」

「？？？」高遠簡直摸不著頭腦，傅崢也才三十啊，論理不該進入更年期，怎麼想法已經難以揣測時晴時雨了？

「那你這是……準備徇私？」高遠一臉不解道：「你不是說了管理員工絕對不能徇私嗎？你不處理寧婉那怎麼服眾？她那個案子當事人可會嚷嚷，找了個所裡人最多的時間來鬧，怎麼也要意思一下處罰一下吧？」

「吃了處罰是不是不能入選進任何合夥人的團隊？」

「是這樣沒錯……」

「那就不要處罰了。」傅崢一臉鎮定自若，「讓當事人把投訴撤銷不就行了？」

「……」

說完，他清了清嗓子，一本正經理智道：「當事人取消投訴，那自然沒有處罰必要了，畢竟當事人誤會代理律師也是常有的事，那消除誤解，自然不應該再處理代理律師，我這麼處理很正常，也完全符合流程，絕對沒有徇私。」

「……」高遠一時之間都沒跟上傅崢的邏輯，只艱難道：「可那個當事人的老公還挺厲害的，看樣子不會輕易撤銷投訴的……」

「給我三天時間。」傅崢卻言簡意賅下了決斷，「我會把這件事情處理掉。」

高遠心裡有些揣測：「你對寧婉……」

「沒有。」

沒有什麼？高遠心想，自己都沒說完，傅崢怎麼就「沒有」了，不知道這樣更顯得「有」嗎？挺此地無銀三百兩的……

傅崢仍維持著冷淡的表情，也不知道是解釋給高遠還是解釋給自己聽般繼續道：「如果寧婉這時候有帶教律師，她的帶教律師就會保護她，可她沒有，她進這個所裡這麼久，工作全靠自己一個人摸索，但鑒於正元所團隊設置裡的一些弊端，她的努力一直沒有被人看見，除了她之外，所裡人才池裡是不是還有類似的年輕律師？」

雖然高遠總覺得傅崢是在「徇私」，然而他這番話卻說得令人無法反駁，如果寧婉有帶教律師，那麼確實，這種時候衝在前面的是她的帶教律師……

「真正需要調整的是人才池這個制度，既然無法消化那麼多年輕律師，就不應該招聘這麼多人，作為合夥人應當對律所每個員工負責，不應該蹉跎他們的時間。」

傅崢說完，看了高遠一眼：「但我不會徇私，我要是沒能讓當事人撤銷投訴，這個投訴自然按照流程處理。」

「只是寧婉沒有帶教律師保護，所以我必須保護她。」傅崢抿了抿唇，「這是為了不要寒了她這種年輕小律師的心。」

「……」

「不是徇私，明白了嗎？」傅崢抿了抿唇，總結陳詞道：「我傅崢從不徇私。」

「嗯……」行吧，你說是什麼就是什麼……

「行了，我挺忙的，社區可能又有諮詢電話，我先走了。」

傅崢說完，在高遠的目瞪口呆裡逕自走了。

還真是事了拂衣去深藏功與名……

高遠想了想，一瞬間有些同情陳爍，年輕人畢竟敵不過狡詐老東西；另一方面，覺得事不宜遲，自己是時候和寧婉搞好關係了。

傅崢從高遠處離開，回到社區，也沒急著聯絡舒寧，如今聯絡她絕對不具有可行性，虞飛遠恐怕又是靠自己那套PUA老手法安撫住舒寧了，因此直接找舒寧和虞飛遠溝通，這兩人都不可能取消對寧婉的投訴。

曲線救國，傅崢買了好多時令水果，上門依次拜訪了舒寧和虞飛遠同樓層甚至樓上樓下的鄰居。

「你說虞飛遠啊，他人看起來還挺老實的，倒是沒怎麼聽過他們夫妻有爭吵的聲音，不過確實看到過好幾次舒寧臉上有傷，當時順口問了句，她說是洗澡時不小心滑倒摔的，我也沒細問過……」

「他家女主人不怎麼和我們來往，雖然我也是全職太太，但沒怎麼遇到過她，她好像不太參加團體活動，難得有一次我們做社區募捐她來了，交流了下覺得人還挺好的，結果沒多久她老公就過來把她叫走了。」

「對，我們上次也是有個業主委員會的會議叫她一起，剛想和她加個好友呢，結果她老公過來說讓我們加他的……」

果不其然，傅崢一連聊了好幾家，給出的細節裡基本能拼湊出事實——虞飛遠對舒寧的社交控制很嚴格，幾乎找盡藉口阻撓她結交新的朋友，連左鄰右舍也不行，因此多數鄰居對他們家的情況並不了解，沒人了解虞飛遠是否家暴舒寧，也沒人能夠給出證據——

「真的不太清楚他們家的情況，不過他們家有個女兒，六歲了，這孩子看起來有些孤僻陰沉，怎麼說呢，也不是長得不好，孩子隨媽，長得還挺可愛的，就是有些少年老成，才六歲的娃娃，平時見到就沒個六歲孩子的樣子，也不愛和人打招呼，也不愛和同齡小孩玩，我家孫子和那孩子在同個班，我孫子也說她挺怪的，不愛說話，不太理人。」

說起這孩子，傅崢倒是有印象，此前舒寧想離婚時提交過相關家庭資訊，傅崢記得她的女兒叫虞詩音，還在上幼稚園大班。

在虞飛遠這種精神控制又家暴的家庭裡長大，孩子怎麼可能多開朗，恐怕是活得戰戰兢兢壓抑又灰暗，傅崢聽到這裡，不由便想到寧婉，她如今能擁有這麼燦爛的笑顏，也不知道自我消化和背負了多少。

別的鄰居沒什麼可提供的，也普遍想著多一事不如少一事，倒是舒寧家樓下的林阿姨拉著傅崢說了不少，她是外地人，是為了看孫子才來容市的，平時都在家裡沒個說話的人，顯然憋壞了，拉著傅崢就是一通扯，從容市的氣候到最近水果漲價，這林阿姨思緒發散極了，傅崢本來已經準備尋個藉口告辭，然而一聽起她提及舒寧的女兒，倒是有了興趣。

傅崢沉吟了下，問道：「這孩子除了性格比較內向，還有什麼不同之處嗎？」

林阿姨想了想，壓低聲音道：「這孩子除了性格孤僻不太說話，還喜歡撒謊呢！」

「撒謊？」

「是。」林阿姨拿出了八卦的架勢，恨不得來上一把瓜子似的，「這孩子半年裡報假警都報了四五次了吧。」

傅崢皺了眉：「報了什麼警？」

「就說她爸打她媽，說她爸要殺了她媽……」林阿姨嘖嘖搖頭道：「你聽聽這都什麼話啊，我看她爸爸平時挺老實的呢，後來警察也來了，一問果然假的，她媽說沒這種事，自己臉上那些傷是因為不小心摔的，說自己平衡不太好，每次打瞌睡時就容易摔倒……」

「後來為了這事孩子爸爸還提著水果去跟警察賠禮道歉，說增加人家工作量了，原來是因為孩子不好好念書，被她爸批評了，心裡埋怨，於是報假警呢。」林阿姨一邊說一邊搖頭，「你說說現在這些孩子多早熟啊，這孩子往小了說是愛撒謊，往大了說那就是報復心重……所以說，現在孩子的教育可重要了，你看好多小孩現在都……」

林阿姨還在滔滔不絕，但傅崢已經嚴肅起來了。

舒寧沒有因家暴報過警，沒想到她才六歲的女兒反而報了警，只可惜六歲的孩子沒有話語權，因為舒寧的懦弱隱瞞以及虞飛遠畫皮般的遮掩，最終變成孩子報了假警。

事不宜遲，傅崢決定去悅瀾轄區的派出所一趟。

傅崢本打算去派出所了解下情況，看看當時的出警紀錄裡是否有記錄到什麼有用細節，只是沒想到，冥冥之中還真是無巧不成書，傅崢剛跨進派出所，就聽到警察正在趕人——

「小朋友，和妳說了很多次了，不能撒謊，妳爸爸每天辛苦上班賺錢養家，妳不好好念書，他批評妳是應該的，但妳這樣老是成天汙衊他打人就不對了……」

說話的是個年長的男警察，話還挺和氣，然而明顯沒當回事：「警察叔叔也不是萬能的，警察叔叔也有很多別的事要忙，如果妳再這樣報假警，我們可是要告訴妳的老師了哦！」

回答這警察的，是個糯糯的童聲，雖然聲音小，但很堅定：「可是警察叔叔，我爸爸真的打我媽媽了，打了好幾次了，打得媽媽臉上全是血，這次又打了媽媽，我……」

打斷這童音的是派出所裡的熱線電話，那男警察接起來，一邊講電話一邊對小孩揮了揮手往外趕：「走吧小孩，叔叔送妳回學校，妳下次可別來了，撒謊是不對的，妳這個年紀，要好好聽老師和爸媽的話……」

這小女孩下意識便往後退去，這一下，就被趕著退到了門口，撞到了傅崢的腿上。

這女孩綁了個馬尾辮，背著個小書包，穿著粉色洋裝，白白淨淨的臉上，表情卻很沉靜，明明還很小，眼神卻很沉，傅崢的心裡一動。

「虞詩音？」

果不其然，他話音剛落，那小女孩便抬頭看向了他，林阿姨說得沒錯，這孩子表情寡淡彷彿無喜也無悲，小小年紀臉上便一點童真的感覺也沒有，眼神更像是一潭死水，叫傅崢看了也於心不忍。

他蹲下身，努力讓自己的視線和小孩齊平：「妳是過來報警嗎？」

小孩戒備地看了他兩眼，但還是點了點頭：「嗯，但沒人相信我。」她低下頭，聲音沮喪，「因為我是小孩，沒人信我，可我沒撒謊……」

「我相信妳。」

傅崢的話果然令小孩一頓，她看向傅崢，眼睛第一次顯出了亮光：「你來這裡，所以也是這裡的警察嗎？你、你可以幫我救救我媽媽嗎？我爸爸打我媽媽，一直打一直打，能不能把我爸爸關進監獄？」

小孩的話有些語無倫次，然而傅崢還是聽明白了。

「我不是警察，我不能幫妳把爸爸關進監獄。」

小孩一聽，眼神果然委頓下來。

傅崢笑了笑，繼續溫聲道：「但我是律師，我可以幫妳用法律保護妳媽媽。」他拍了拍小孩的頭，「好了，現在我先帶妳去見警察叔叔，有我在，他會相信妳的，妳把妳知道的情況都好好講出來，我們再看看怎麼幫助妳媽媽，好嗎？」

小孩有些遲疑，但最終，還是點了點頭，跟著傅崢再次走進了派出所。

另一邊，寧婉卻正在頭疼，被舒寧投訴這件事，她確實沒想到，明明本意是真心實意為了舒寧好，然而低估了虞飛遠對舒寧的洗腦和控制程度，寧婉等調解完季主任讓自己去的那個案子，一路往社區辦公室走，才覺得煩躁壓抑和沉重起來。

一旦當年有被投訴的紀錄，就無法申請參選加入任何合夥人團隊，好不容易正元所終於來了位需要新組建團隊的大 Par，這機會要是真的錯過，自己職業生涯最好的這幾年就廢了。

雖然知道如今這當口，去找舒寧求情也未必有用，但寧婉還是決定試試，不論是為了自己的未來，還是為了舒寧，寧婉都抱著一絲最好的希望。

可惜現實很骨感，寧婉吃了個閉門羹，舒寧從貓眼裡見是她，根本連門也不開——

「妳走吧，我不想再見到妳了，我和我老公好得很，不是妳這種人慫恿我就會離婚的！」

即便知道大概沒用，但寧婉還是做著最後的努力，隔著門，她開始跟舒寧講述自己去公司和學校調研的結果。

雖然沒有回覆，但寧婉知道，舒寧就在門後。

「舒寧，妳自己仔細想一想，虞飛遠到底是真的為妳好，還是想把妳圈養成毫無反抗力任他宰割的工具人？他那套男主外女主內，妳不覺得很可笑嗎？他這一路和妳結婚生子，真的沒有任何利用妳上位的意思？」

寧婉索性一口氣剖析所有細節：「因為和妳談戀愛，有了自己第一作者第二作者署名的論文發表；因為意外懷孕，他說服了妳讓出了深藍機械的 offer；因為號稱自己會嫉妒，他讓妳斷絕了所有過去的社交圈；因為號稱自己需要男人的面子，不允許妳外出上班，讓妳辭職後他得到了夢寐以求的升職，而這個崗位，本來是留給妳的……」

寧婉說著說著，索性也放開了，就算舒寧不肯撤銷對自己的投訴，她也希望舒寧能清醒起來。

「妳冷靜下來想一想，虞飛遠對妳的愛，到底參雜了什麼？虞飛遠最愛的人，從來都是他自己！」

自己話音剛落，舒寧終於拉開了門，就當寧婉以為她改變主意的時候，舒寧卻下了逐客令——

「妳能不能不要纏著我了？是嫌一個投訴還不夠嗎？」她低著頭垂著頭髮，「我現在要去幼稚園接我女兒了，麻煩妳讓讓。」

她這個動作，長髮正好垂在臉頰，遮住了大片的臉蛋，寧婉幾乎是瞬間意識到了什麼——這是自己母親曾經最喜歡用的姿勢，為了掩蓋被打的痕跡。

「他又打妳了？！」

面對自己的質問，舒寧卻眼神躲閃：「沒有，妳別管我們家的事……」

寧婉趁著舒寧來不及反應，動作迅速地撩開了對方的長髮，果不其然，舒寧左邊的臉頰又有了紅印，看起來像是個耳光的痕跡。

寧婉再也克制不住自己的情緒：「他這次跟妳認錯才幾天？為妳說了要離婚尋死覓活改過自新才幾天？！妳還要再相信他一次？還要再給他打妳的機會？舒寧，妳醒醒！」

然而舒寧只想擺脫寧婉疾步往前走，這次語氣帶了點哀求：「妳不要再跟著我了，這次就是因為找了妳，聽了妳的話考慮離婚，飛遠才打了我，說我家醜外揚，破壞家庭的和睦，老聽信外面人的話，要是再被他看到我和妳在一起，他又要發火了……」

寧婉本來還想說什麼，然而舒寧的手機鈴聲打斷了話頭，她接起來，一開始聲音有些狐疑：「派出所？」很快，狐疑變成了驚愕，「什麼！詩音從幼稚園跑出去了，現在在派出所？好的我知道了，我盡快趕過去！」

舒寧這下顧不上寧婉了，趕緊就往派出所趕。

聽起來像是她的女兒出事了？

寧婉想了想，到底有些不放心，生怕這事和虞飛遠有什麼關係，也趕緊跟上舒寧一起往派出所走。

寧婉跟著舒寧氣喘吁吁地跑到了派出所。

舒寧倒像是熟門熟路：「不好意思啊警察先生，我女兒詩音是不是又過來報假警了？孩子是開玩笑的，不懂事，鬧脾氣呢，我帶她回家，現在她人在哪呢？」

報假警？寧婉正一頭狐疑，就聽坐在窗口的警察指了指調解室道：「在那呢，我們所長和一個律師帶進去了解情況呢。」

舒寧也管不上那麼多了，逕自就往調解室走，而寧婉皺著眉也緊跟其後，此時調解室的門虛掩著，正當舒寧想要推開門時，裡面傳來了詩音的聲音——帶著哭腔又充滿絕望的聲音——

「警察叔叔，律師叔叔，你們幫幫我媽媽吧！怎麼樣才能讓我爸爸消失？」

六歲的孩子並不懂掩飾，要求直截了當：「我們班有同學的爸媽說是離婚了，就再也不住在一起了，可以讓我媽媽離婚嗎？我不想再看到媽媽被打了，或者你們可以把我爸爸抓走嗎？」

接著響起的聲音，讓寧婉愣了愣，她幾乎是瞬間認出了那是傅崢的聲線，低沉的、帶了點微冷的質感，然而很溫和。大概是因為和小孩子講話，他刻意放緩了語調，用詞也很簡單易懂——

「離不離婚，不是警察和律師說了算的。」傅崢的聲線彷彿自帶安撫人心的力量，等小孩的啜泣聲小了些，傅崢才繼續，「簡單來說，能決定要不要離婚的只有妳的爸爸媽媽。」

「可我爸爸不肯離婚……」

「那也沒事。」傅崢的聲音很溫和，「離婚不需要妳爸爸媽媽都同意，只要其中一個想離婚，總是能離成的，只要妳媽媽下定決心要離婚，是完全可以離開妳爸爸的，所以不要哭，會解決的。」

可惜小孩聽了這話，情緒反而崩潰了：「我媽媽她根本不肯離婚！好幾次爸爸打媽媽，我打電話給警察叔叔了！可媽媽都說沒有被打！撒謊的人根本不是我，是媽媽！」

即便有傅崢做擔保，但警察也只能安慰，沒有成年人報案、沒有受害人的口供、沒有任何證據，自然無法立案。

虞詩音大概也看出了警察介入無望，低頭喃喃自語起來：「要是爸爸能消失就好了……」

她的聲音明明還是稚嫩的童聲，然而接著說出來的話，卻完全不像是一個六歲女童：「律師叔叔，我有個問題想問。我才六歲，如果殺了人，是不是不用坐牢？」

還沒等傅崢回答，虞詩音便繼續道：「我看過電視，裡面是這樣講的，不滿十四歲殺人，都不用坐牢，所以，如果媽媽不肯離婚，那我是不是還是可以讓爸爸消失？我同學家裡有老鼠藥……」

這樣可怖陰冷的想法，誰都沒辦法想像竟然是由虞詩音這麼甜美稚嫩的小孩說出口的。

屋內兩人明顯都愣住了，而站在門口正欲推門而入的舒寧則像是觸電般渾身輕微戰慄起來。

以往舒寧遭到虞飛遠暴力的時候，總是第一時間把孩子關進臥室，叫孩子插上耳機聽歌看卡通，而自己即便被打得再狠，也沒發出過聲音，令她安心的是，每次事後，孩子也沒追問過自己身上的傷，久而久之，舒寧覺得，這件事對孩子是沒什麼大影響的。

幾次孩子報警，舒寧也都安撫了孩子，事後虞飛遠也買了玩具給小孩做補償，每次打完自己認完錯，一家人看起來仍舊是和和美美的，孩子對爸爸也沒什麼特別的情緒表現。

只是沒想到原來一切都是假象，自己那天真爛漫的女兒，不知道什麼時候竟然已經變成了一個光是聽到她這些話就叫人遍體生寒的陰森孩子……

連舒寧都沒想到的，殺人這樣沉重的話題，弒父這樣違背倫理綱常的想法，竟然被自己六歲的女兒以如此輕巧卻認真的態度說了出口……

明明是稚氣未脫的年紀，然而孩子臉上的恨意和決心卻已經無法掩蓋，透過門開著的縫隙，舒寧能看清，自己的女兒如今稚嫩的臉龐上卻是不合年齡的冷漠表情。

那陪同的警察此刻也終於相信孩子此前多次報警並不是空穴來風，然而因為小孩的媽媽，這位受害者本人並未表態報警，又沒有任何證據，根據流程他也不好插手，只嘆著氣規勸起來：「小朋友，妳可不要亂想，更不要學電視上那些不好的小孩，妳才六歲，要是真的做了什麼，這輩子就毀了，妳的未來還長著呢。如果妳討厭妳爸爸，以後等妳長大了，自然就可以離開妳爸爸了，不要去做會讓自己後悔的事……」

警察這番話，倒是讓同在門外的寧婉頓了頓，她恍惚間覺得時光倒流，自己變成了坐在室內的虞詩音，一切的一切，彷彿都是一場輪迴……

寧婉當初也報過警，而她的媽媽也同樣選擇了息事寧人掩蓋真相，並且和舒寧一樣，怎麼樣都不願意離婚，最終寧婉選擇了獨善其身的妥協，她沒有辦法改變她的母親，於是每天期待著長大，考進了遠離老家的大學，有了能經濟獨立的工作，徹徹底底離開了她的爸爸……

她在心裡祈禱，警察這樣的安慰，或許能安撫住虞詩音幼小的心靈吧。

「可我離開了爸爸，那媽媽怎麼辦？」門內的虞詩音卻鏗鏘有力地打斷了警察的話，她的聲音帶了哭腔，卻很堅定，「叔叔，我想要保護媽媽，我不想再看到媽媽被打了。如果連我都逃跑了，那媽媽怎麼辦？」

如果說舒寧此前只是被自己女兒竟然有那麼陰暗的想法所震驚，如今卻再也控制不住哭起來了。

一切都是她的錯。是她把孩子變成了這樣。然而孩子都沒有怨恨她，還想著保護她，而為了保護她，原本積極開朗的孩子，竟然想出了殺人的念頭……

因為她的懦弱和粉飾太平，本該有陽光心態的孩子一直生活在陰霾裡，即便自己一次次在她報警後撒謊令她失望，然而孩子也沒有放棄自己，還想著保護自己，可明明……明明該是自己站出來保護孩子啊！

她根本不是個合格的母親！

她自以為不離婚是給了孩子一個完整的家庭，可從沒想過，當虞飛遠朝自己舉起拳頭的時候，這個家庭就永遠無法完整了……

舒寧的內心混雜著悔恨、痛苦和動容，咬緊嘴唇幾乎泣不成聲。

寧婉也因為小孩這一番話，頓住了自己推門的手，虞詩音的話像是一隻小手，揪住了她內心的情緒，她的心裡也跟著翻騰起來……

而也是這時，房內再次響起了傅崢的聲音，帶了冷冷的質感，然而並不冷淡——

「妳想要保護妳媽媽這樣的想法很好，妳是個很棒的孩子，但是不管妳爸爸做了什麼，也不是妳去想殺人那麼危險想法的理由。」

小孩用力反駁道：「是爸爸那樣打媽媽，我才會這麼想的。」她講到這裡，情緒又再次激動起來，「你們都不是我，你們又沒有像我一樣的爸爸！你們根本不知道他有多可惡！有多像個魔鬼！」

傅崢仍舊很溫和：「我沒有經歷過妳這樣的事，但不是沒有別人經歷過，我認識一個女孩子，她的爸爸也是這樣的，她過的甚至比妳還難，因為她爸爸還賭錢，她家裡沒有妳那樣的條件，還要自己去打工，但是她沒有做偏激的事，也沒有變成不好的人，正相反，她可能是我認識的最好的女孩子，認真工作、樂於助人，也從沒有想過做什麼違法的事情。」

虞詩音的注意力果然被吸引了：「那……那她現在在幹什麼？」

傅崢說這些話的時候表情非常溫柔，從寧婉的角度，可以看到他盯著虞詩音眼睛時鄭重的表情和溫和的眉眼：「她變成了和我一樣的律師，想要去幫助像自己一樣的小朋友，想要去幫助像她媽媽一樣的媽媽。」

寧婉咬緊了嘴唇，她從沒想過傅崢會提及自己，也從沒想過在傅崢眼裡，自己原來是他認識的最好的女孩子。

傅崢並不知道寧婉在門外，他看向了小孩，聲音和緩卻認真：「詩音，妳比妳媽媽勇敢，我覺得妳可以幫助妳的媽媽，所以先不要對妳的爸爸做什麼，我們先一起努力幫助妳媽媽好嗎？」

他溫柔而耐心地循循善誘道：「所以妳能不能和妳的媽媽好好聊一聊，讓這個律師小姐姐去幫助她？妳的媽媽現在對她有點誤會，但她是真的想幫妳們，她自己也經歷過，所以也真的懂妳們。如果有她在，如果妳媽媽願意好好和她談談，妳媽媽是可以遠離妳爸爸的。」

詩音沉默了片刻，最終點了點頭：「好。」

門外，舒寧再也控制不住自己，她衝進了調解室，抱著自己女兒哭了起來：「詩音，是媽媽的錯，都是媽媽的錯，是媽媽害了妳，妳千萬不要做傻事！」

即便是被虞飛遠家暴的時候舒寧都咬緊牙關沒怎麼哭過，然而如今，她再也控制不住淚如雨下：「是媽媽沒用，傻孩子，應該是媽媽保護妳啊！」

親情大概是世界上最微妙的關係，親情無法選擇，親情也足夠複雜，這麼簡單的兩個字，卻能包羅愛、給予、汲取、奉獻、犧牲、控制、打壓、暴力、相濡以沫、扶持、背叛、貌合神離等等所有的關係。

有些親人會給予你最深的傷害，但有些親人卻是支撐著我們在這個世界上繼續艱難活下去的星火。

虞飛遠傷害了舒寧，但小小的虞詩音卻在想著保護自己的媽媽，即便以最陰暗的方式。

調解室的門因為舒寧推門而入而大敞開來，也是這時，門內的傅崢終於看到了門外的寧婉。

「寧婉？」

寧婉憋著複雜的情緒，只移開了眼神沒再去看傅崢，好在也是這時，舒寧的聲音打破了寧婉的尷尬，她轉頭看向了寧婉——

「寧律師，我、我想和妳好好談談……」

或許是自己女兒的一番話，終於讓她醒悟過來，雖然舒寧態度還很掙扎，但第一次露出了溝通的意願。

再懦弱的人，為母則剛，舒寧能忍受自己被虞飛遠暴力對待，但無法再視而不見孩子遭受到的心理創傷：「我……或許一直以來是我在逃避，是我在麻痺我自己，但這可能真的是不對的……」

舒寧抹著眼淚：「是我對不起孩子，寧律師妳說得對，是我自己軟弱還把不離婚的理由推給孩子，但可能離婚才是真正對孩子好……」

一旦舒寧軟化態度，之後的事就好辦多了，傅崢向警察借用了下調解室，幾個人彼此坦誠好好坐下來，寧婉沒有顧忌舒寧的投訴，而是非常認真細緻地把此前和傅崢去公司和學校調查到的情況和細節都一一和舒寧溝通。

「因為很多事過去久遠，我沒有辦法去證明什麼，但是這麼多細節，想來妳也有自由心證，其實不用我點破，妳也能想明白裡面的彎彎繞繞。」

寧婉看向了舒寧，她深吸一口氣，終於也鼓起勇氣：「我從小生活在家暴家庭，我的父親除了文化水準低外，在打人這方面和虞飛遠並沒有什麼差別，我努力淡化這段記憶，也不想去想，但是我知道傷疤留在了我自己心裡，我不希望詩音重複我這樣的人生，也不希望妳過這樣的人生，舒寧，妳本可以值得更好的……」

一直以來，寧婉從不願意和人分享自己這段經歷，然而這一次，她終於決定正視這段不美好的過去——

「我可以負責任地告訴妳，家暴是不會改的，我爸爸每次也和虞飛遠一樣認錯，但是第二次第三次……永遠會繼續犯，家暴只有零次和無數次，這句話我是親身體驗的……」

回憶這些過去對寧婉來說無疑是自揭傷疤，然而她還要咬著牙繼續說下去，或許對於舒寧來講，只有向她表明自己是真正的感同身受，才能更加取得她的信任，證明自己在這個案件裡並沒有什麼利害衝突，而如果自揭傷疤能夠讓舒寧接納自己從而得到法律援助，那自己做的就有意義，就值得。

「因為我的媽媽就是一而再再而三不論怎麼勸離婚，最終都退縮不離的，即便到了今天，也沒能和我爸爸離婚，所以這麼多年來，其實我內心對她是有怨恨的，心裡覺得她為什麼要這樣？」

寧婉深吸了口氣，垂下目光，捏緊了拳頭：「難道離開了我爸那樣的垃圾男人就活不下去嗎？我知道我媽不容易，可現在我都長大了，有獨立生活能力，也能照顧她，她為什麼還是不離婚？是覺得自己是聖母能挽救我爸那種人嗎？還是有什麼受虐傾向，覺得打是親罵是愛？一開始確實很同情我媽，但說實話，隨著時間推移，這種同情裡也參雜了不認同還有憤怒，我不能理解我媽為什麼死活不離婚，甚至和我媽為這事吵架，對她說過很過分的話……」

「所以坦白來說，妳對我的投訴也沒有錯，辦理妳這個案子，我確實太過代入自己的感情，因為希望妳不要像我媽媽一樣在糟糕的婚姻裡輪迴，所以不自覺就帶了情緒，得知妳又不準備離婚的時候，把潛意識裡對我媽媽的憤怒和埋怨發洩到了妳的身上。」寧婉咬了咬嘴唇，對舒寧鄭重道了歉，「很抱歉，之前對妳說了那麼激烈的話。」

她這番剖白，舒寧也是感慨萬千：「該道歉的是我，對不起，其實我心裡也知道妳是想幫我，可我卻沒有勇氣也沒有辦法跳出怪圈……」

「我知道要是別人知道我這個情況，看到我不斷被打不僅不離婚還幫對方開脫，只會覺得可憐之人必有可恨之處，覺得我一個博士生，卻自己甘心生活在家暴裡，是活該，是自己找死，是愚蠢，可能沒有多少人會同情我，反而會覺得我丟了女性的臉，寧可被打都不能獨立的離婚。」

舒寧紅著眼眶：「我知道我現在的解釋妳未必相信，但我或許也能理解妳媽媽為什麼總是沒辦法離婚。」

「別人看我們，好像覺得離婚很簡單，可長期生活在家庭暴力和精神控制裡的人，是根本沒有辦法反抗的，因為我們被打麻木了，對這種生活習慣了，久而久之好像覺得這樣就好，因為偶爾的改變甚至會遭到更重的暴力，以至於害怕提離婚，因為生怕提了離婚被打得更厲害。」

寧婉以為自己作為家庭暴力的見證者，本應該是完全理解受害者心理的，然而這一刻，她才意識到，即便是親身見證者，也或許無法真正感同身受被害者。

舒寧低著頭，抹了抹眼淚：「因為被打多了，被罵多了，久而久之自己的自我認同感也會降到最低，我一度覺得自己確實是錯的，確實不該出去找工作，我知道這聽起來很蠢，為什麼被打了要在自己身上找理由？可如果不在自己身上找理由，我沒辦法說服自己為什麼曾經好好的愛人變成了這樣，因為和他有過愛，所以更沒有辦法接受這樣的現實，因為想要挽救婚姻和愛情，所以不斷忍讓。」

「我說服自己他是愛我的，而他每一次打過我後確實也表現出了對我的愛和悔過，以至於我沒有辦法離婚，我……我不知道怎麼形容自己的感受，我感覺自己好像得了什麼心理的毛病，明明被打的人是自己，卻還對打我的人有感情，反而想要維護他，也無法決斷地離婚……我知道你們可能沒辦法相信……」

「我相信。」一直安靜的傅崢卻開了口，他看了寧婉一眼，然後才再看向了舒寧，「斯德哥爾摩症候群，也叫人質情結，簡單來說，受害人在極端的恐懼和潛在的傷害面前，會出於自我保護機制，而對加害人產生心理依賴，就像妳的情況，虞飛遠打妳，妳又打不過他，你們之間又有婚姻關係，某種程度上妳的人身安全掌握在他手裡，被他操控，他又會洗腦，久而久之，妳在這種極端裡，就會覺得，虞飛遠哪天沒打妳，對妳噓寒問暖，妳就感恩戴德，覺得很感激他，也很依賴他，和他是一個共同體，面對外人，還會不自覺維護他，協助他，甚至都不想主動離開他。」

「斯德哥爾摩症候群的理論認為『人是可以被馴養的』，就像過分的刺激和打擊會讓人精神失常一樣，反覆的PUA也可以摧毀一個人的精神自由，甚至喪失自我意志。」

傅崢講到這裡，頓了頓：「因此這確實是屬於心理疾病，受害人自己有時候都意識不到，家暴的受害人不想離婚，其實只是因為真的病了，不管怎樣，妳都是受害人，妳都沒有做錯，錯的是家暴妳的人。」

「國內處理家暴案時很多時候意識不到，其實受害人是需要心理干預和治療的，家暴也好PUA精神控制也好，受害人不僅身體上遭到了傷害，往往心理上也得了病，只是大家每每能理解憂鬱症，卻還沒能設身處地理解你們這樣的『病人』。」

傅崢的聲音平靜，然而眼神裡對舒寧卻沒有評判，他只是非常溫和，也非常包容：「寧婉有個朋友是精神科的醫生，如果妳不介意，可以去看看。但不論什麼時候都記住，妳沒有錯，別人不是妳，別人沒有遭受妳遭受的事，所以沒有人有資格評判妳，也沒有人有資格指責妳。」

「妳說服自己原諒虞飛遠的家暴，是為了幫自己找一個理由，為了讓自己活下去，但我們不能原諒家暴，因為這樣，千千萬萬個像妳這樣的女性才能活下去。」

如果說舒寧原本只是因為詩音的反應而痛苦流淚，如今聽了傅崢的話，她心裡的委屈、不安和迷茫終於決堤，她幾乎無法控制自己的情緒，只是淚如雨下，哭到哽咽。

自從被虞飛遠家暴以來，舒寧的自我評價和認知已經降到最低，而一而再再而三的暴力以後，她又幾乎斷絕了以往的人脈，更不敢向他人求助，只偷偷在網路上發過一篇求助文章，然而當網友們得知她竟然還沒離婚時，那些好言的安慰變成了諷刺和謾罵——

『都被打成這樣了還不離婚，難怪妳會挨打！』

『渣男之所以有市場，是因為有妳這樣的賤女……』

『我靠，我一個高中生都知道不能和家暴男結婚，這個原ＰＯ是怎麼讀到博士的？腦子裡裝的是漿糊？』

『好了好了，大家別勸了，等下一次看到這個原ＰＯ應該是上社會新聞被渣男老公打死的時候了，大家就好言好語送她一路走好吧。』

而這是第一次有人對她說，她沒有錯，她只是病了，她不蠢，也不是賤，遭受這一切不是活該，只是遭到了傷害，別人沒有資格評判她，錯的從來不是她，她也值得被救贖，也還能被救贖。

她流著淚，真心實意地向傅崢深深鞠了一躬：「傅律師，謝謝你，真的謝謝你。」

舒寧帶著哽咽：「寧律師，也謝謝妳！能遇到你們是我三生有幸！」

很多時候，人們都只看到家暴案件裡受害人身體的創傷，卻忽略了內心的瘡疤，舒寧從沒想過，自己能遇見兩個這樣的律師——寧婉沒有放棄她，即便自己恩將仇報般投訴了她，她也堅持向自己伸出援手；傅崢竭盡所能地幫助她，給了她從沒有人給過的理解和包容，也讓舒寧從自責悔恨裡走了出來，能夠原諒和接納自己。

一場深談，舒寧心裡終於漸漸有了主心骨，思緒清晰起來，她終於下定決心離婚，只是……

「都怪我之前沒能好好聽寧律師的話，錯過了證據收集，也不知道起訴的時候怎麼證明他家暴。」

因為當事人對證據保護的不重視，很多時候家暴案裡會面臨這樣的結果，但也並不是無計可施，寧婉邏輯清晰地解釋道：「如今沒有證據的話，要離婚還是能離的，無外乎時間拖得久一點，我建議妳先帶著孩子和他分居……」

只是話沒說完，原本在一邊依偎著舒寧不說話的詩音卻開了口：「媽媽，我有證據。」

在三人的目光裡，詩音小大人一樣跳下了舒寧的懷抱，她眨了眨眼睛：「上次爸爸打媽媽的時候，我偷偷錄了影……」她頓了頓，繼續道：「是媽媽的舊手機，我拍了照，還拍了影片，可後來一次爸爸又打人扔東西，把這個舊手機砸了，我開不了機，所以也不能帶給警察叔叔看……」

寧婉的眼睛亮了起來：「妳真是個很棒的孩子！」說完，她轉頭看向了舒寧，「手機我們可以找人修復一下，裡面的影片應該還是可以匯出來的，這樣就有了直接的影片資料，虞飛遠就沒辦法否認打妳的事實了。」

舒寧用力抱住了詩音，點了點頭。

「另外，妳現在暫時按兵不動，先不要再提離婚的事，一來以防止再次觸怒了虞飛遠又對妳施暴，二來，我們還可以試試再取個證。」

一到辦案的環節，寧婉收拾了自己的情緒，認真專業的建議起來：「即便我們有了影片證據，因為作為孤證，也只能證明虞飛遠打了妳一次，他要是在法官面前演一齣痛哭流涕悔過戲，法官很可能會認定你們感情尚未破裂，第一次起訴不判離，所以最好還有別的輔助證據，既然這次他又打了妳，他大概還會事後認錯，那妳能引導他寫一個書面的認錯悔過書給妳嗎？書證的證明效力是非常高的。」

舒寧點了點頭：「我也會去買好鏡頭，先在房間和客廳都裝上，萬一這幾天他還是打我，也正好算是取證了。」

「記得一定要報警。」傅崢關照道：「保護好自己為先，取證第二。」

對於寧婉和傅崢的建議，舒寧一一記下，幾個人約定先去修復手機，再一步步尋求別的補充證據，而在此期間，舒寧也先去投遞履歷，爭取找到正當穩定工作，以爭取孩子的撫養權。

離婚這種案子，一旦當事人下了決心，推進起來效率是很快的，寧婉把所有細節梳理清楚，又幫舒寧列了點資料清單讓她補充，對虞飛遠起訴離婚這件事的準備工作就告一段落。

臨告別，舒寧一再地向兩人道謝，也再次向寧婉道歉：「對不起寧律師，律所的投訴我一定會盡快去撤銷，妳真的是非常非常好的律師。」

寧婉原本對舒寧的案子不再抱有希望，然而沒想到案子也好，自己的投訴也罷，最終竟然都順利解決了。

舒寧帶著女兒走後，寧婉和傅崢也從派出所往社區辦公室走。

事情得以完美解決，寧婉心裡不高興是不可能的，然而在高興之外，她卻還有些別的情緒，酸酸脹脹的，有些複雜，有些茫然，甚至不知道該怎麼抒發，身邊的傅崢卻沒有開口，甚至連句邀功都沒。

最終寧婉還是憋不住了，她踢了眼前的石頭一腳——

「傅崢。」

傅崢停下來，看向她，模樣溫和而平常：「嗯？」

寧婉盯著他看了片刻，然後移開了目光，又尋釁滋事般在路上找了個小石子踢：「你是不是傻啊？」

「什麼？」

還好意思問！

寧婉深吸了一口氣，盡量讓自己的語氣平靜：「你是個實習律師，實習律師不可以單獨辦案你不記得了？誰讓你偷偷背著我跑來見當事人的？」

傅崢笑笑，沒說話，可他越是這個態度，寧婉心裡的情緒就越翻騰起來，她又瞪了傅崢一眼，努力擺出了惡聲惡氣的架勢：「舒寧的案子情況複雜你不是不知道，何況她都已經投訴我了，你知不知道你如果私下去接觸她的孩子萬一引起她的逆反，很可能也連帶著一起投訴你了？我好歹是個工作好幾年的執業律師了，投訴對我的影響不會那麼大，但你還是個實習期的律師，一旦被投訴，所裡要是嚴肅處理起來，很可能會直接把你辭退！」

眼見著傅崢到現在還沒意識到這事潛在的風險，寧婉更氣了：「本來你入職年齡就偏大沒工作經驗，要是你實習期吃了投訴被辭退，你以後的職業生涯就毀了！以後遇到舒寧這種渾水，你就不要蹚。」

「我想試試。」

「試什麼試？！這不是你這個實習律師該衝在前面的時候，你想試什麼呢？試自己是不是可以搞定嗎？人要循序漸進，我知道你對這個案子上心，但……」

「我想試試可不可以讓她取消對妳的投訴。」

傅崢的聲音溫柔而平和，沒有複雜的修飾也沒有拐彎抹角的含蓄，然而正是這種溫和的直白卻讓寧婉毫無招架之力。

其實她是知道的，知道傅崢自作主張去找別的突破口是為了自己，可正因為這樣，寧婉才覺得更不能原諒自己。

「你是白痴嗎？」她努力抑制住鼻腔裡的酸意，又找了個石子踢了，「這種時候獨善其身就好了，去找什麼當事人啊，我都是工作好幾年的資深律師了，投訴當然有自己解決的辦法，以後別幹這種傻事了，做律師第一步就是要學會保護自己。」

「不是傻事。」傅崢的語氣卻很篤定，「妳是很好的帶教律師，妳不該被這種事情耽誤。進大 Par 團隊，站在更高的位置，這本來就是妳該得的。」

這下寧婉的眼眶真的忍不住紅了，雖然一直對傅崢耳提面命號稱自己是資深律師對他各種指點江山，但寧婉心裡知道自己的斤兩：「我雖然比你多工作幾年，但我能教給你的也就這點東西，我根本沒做過複雜的商業案件，沒有任何拿得出手的大案履歷，我根本不是個好的帶教律師。」

「你就是沒見過世面，才覺得從我這裡學了好多，但比我厲害的大 Par 多了去了，以後努力進好的團隊，但是不論如何都要記住，對任何人都不要死心塌地掏心掏肺，凡事先想想自己。」

然而自己情緒不穩，傅崢卻還是很平和，他看了寧婉一眼：「那妳辦案子的時候，想過自己嗎？按照所裡的規定，要是今年妳有投訴無法消除，是會影響妳申請進入任何大 Par 團隊的。」

幸好舒寧的事順利解決了，可萬一出了差池，本來只有自己被投訴，傅崢這樣主動介入，也難免會被波及了。

道高一尺魔高一丈，對於對自己不客氣的人和事，寧婉從來都會反擊，並不是因為她好戰，而是因為如果連她自己都不為自己反擊，那就沒有人會為她出頭了。

職場歷來殘酷，在正元律所裡，寧婉沒有團隊，沒有帶教律師，因此也沒有庇護港，過去遭遇委屈，案源突然被搶走，或是被強行分配了邊角料的工作，她都只能自己抗爭，抗爭不過就忍著，這幾乎是第一次有人主動挺身而出保護她。

寧婉從沒想過，自己有朝一日會被一個要資歷沒資歷要背景沒背景的實習律師保護，然而內心湧動著感動和酸澀的同時，又夾雜了愧疚和難過。

應該是自己去保護傅崢，而不是讓他為自己冒險。

「以後別這樣了，我學歷不行，二流大學畢業的，也沒什麼大案經驗，就算沒有投訴紀錄，大Par也未必會選我，但你不一樣，你的學歷完全沒問題，學習能力也強，雖然年齡上大一點，但因為是男的，婚育對職場的影響小，好好拚一拚，這次大Par說不定真的會選你。」

寧婉真心實意地看向了傅崢：「還有，在職場裡，真的別這麼義氣過頭，也別總沒戒心把人想的太好了，萬一我這個人其實也不怎麼樣呢？畢竟新的那位大Par團隊只收三個人，你也是我的潛在競爭對手，知人知面不知心，說不定我表面對你挺好，在背後中傷你呢？」

結果寧婉這麼循循善誘想趁機跟傅崢解釋下職場險惡，傅崢這傻白甜不僅沒get到自己的深意，甚至想也沒想就言簡意賅地打斷了自己，他看了寧婉一眼，聲音篤定——

「妳不會。」

寧婉簡直一口氣沒提上來，平時看傅崢還挺會舉一反三的，怎麼到職場人際關係上這麼冥頑不靈？

只是她剛想繼續解釋，就聽傅崢繼續道——

「我不希望妳有投訴紀錄。」他漂亮的眼睛盯著寧婉，「因為我們還要一起進大Par的團隊。」

「妳和我，以後會一起繼續共事下去的。」

這一瞬間，寧婉有一種被人射中心臟的感覺，然而隨之而來的並非疼痛，而是爆裂開來般的慌亂緊張，彷彿連呼吸也被奪走了，只是等冷靜過來，才意識到自己的心正好好地在胸腔跳動，只是跳動的頻率快到她無法忽視。

明明傅崢說的並不是什麼奇怪的話，他只是想和自己一起繼續工作而已……但他盯著自己眼睛說這話的樣子，卻讓寧婉覺得無法直視，一瞬間好像整個人都變得手足無措起來，寧婉甚至都不知道自己的手和腳應該怎麼擺。

以往社區裡再難再複雜的案子，她都沒有膽怯過，然而如今傅崢一句話，卻讓她第一次有了想要逃避的衝動。什麼你啊我啊的，竟然還要停頓一下，直接說我們不行嗎？

傅崢這個始作俑者卻沒有意識到自己的不妥，他仍舊望著寧婉，繼續道：「我不會對別的同事這樣，對妳才這樣。」

寧婉整張臉都紅了，覺得自己的體溫也在難以自控的上升，傅崢這種人，不知道自己長這麼一張臉，就應該避嫌不要對異性說這種話嗎？聽起來很容易誤會的！

「你一個實習律師……」

「我知道作為一個實習律師，這樣介入這個案子是草率的不應該的，但做這件事我並不是以自己實習律師的立場，也不是以任何職業身分的立場。」傅崢抿唇笑了下，「我只是以傅崢的立場。」

說完，他又看了寧婉一眼，建議道：「這樣妳是不是可以不訓我了？」

……都這麼說了，還怎麼訓啊，何況如今別說訓，傅崢這種溫溫柔柔的模樣，寧婉對著他連句重話都不好意思說……

傻白甜這種生物，確實很激發人的保護欲……

只是寧婉真的從來沒想到，自己有朝一日竟然還被一個傻白甜反過來保護了。

雖然沒有帶教律師的保護，然而有傅崢的保護，感覺好像也不賴。

但寧婉的心裡除了動容感激和緊張慌亂，也有別的情緒：「這次的事真的謝謝你，但傅崢，我確實沒有你想的那麼好……」

或許是作為新人，傅崢多少也有些雛鳥情節，因為自己偶爾的帶教而在看自己的時候都帶了濾鏡，然而寧婉受之有愧，配不上傅崢的稱讚。

「妳很好，妳對妳的每一個客戶都很負責，除了冷冰冰的法律外，也在努力追求著個案裡對當事人法律以外的救濟，妳想用法律保護他人，也想用法律改變別人的人生，往好的方面。」

傅崢的語氣低沉輕緩，然而卻很篤定：「面對舒寧，妳願意不斷嘗試，願意去做可能很多別的律師看來無意義的調查，去走訪她的公司走訪她的學校，願意去做這些別人眼裡的『無用功』，妳是一個非常棒的、有溫度的律師。」傅崢的聲線柔和了下來，「這個案子裡，是妳在幫助舒寧和詩音走出泥潭。」

「我沒有這麼好。」寧婉抿了抿唇，掙扎了片刻，還是決定坦白，「其實從某種方面來說，不應該是舒寧和詩音感謝這個案子遇見我，或許更應該是我感謝這個案子能選擇我。」

寧婉又踢了小石子一腳，事到如今，她也不再隱瞞自己的家庭情況：「因為從小經歷過家暴的陰影，所以我對家暴深惡痛絕，詩音的情緒我都能理解，因為我都感受過，一直以來我勸說我媽離婚，但一次次失望，以至於最後，我不僅恨我爸，心裡對我媽也有怨恨，我不能原諒爸爸，但內心深處，好像也無法原諒媽媽，因為總覺得，如果她早一點果斷離婚離開這個男人，我和她都能有更好的生活。」

這些內心的情緒，寧婉從沒有對別人說過，也從沒想到自己有朝一日竟然會說出口，然而傅崢彷彿就有這樣的力量，讓她覺得安全和可靠，好像把自己內心這些帶了陰暗的情緒剖析給他，也不會遭到鄙夷，他像是海，平靜幽深又足夠包容。

「在這個案子之前，我一直以為自己在我爸家暴這件事裡，是做得完美無缺的，我做了一個女兒所有該做的事，鼓勵我媽取證、離婚，努力奮鬥，不讓她操心分心，經濟獨立，收入可以支撐她離婚，所以她至今不離婚，完全是她自己的過錯和選擇。」

寧婉說到這裡，眼眶也漸漸地紅了：「但直到今天，我才意識到過去的自己多麼自私和愚蠢，我從沒真正感同身受過我的媽媽，我完全從自己的立場出發，從沒設身處地考慮過她。」

寧婉從沒想過受害人的心理問題，從沒想過她媽媽或許也在常年的暴力和反覆打壓下形成了斯德哥爾摩症候群。家暴傷害的不僅是身體，還有心靈，在長年累月的傷害下，她的母親可能根本已經無力自己掙脫這種生活，失去了精神自由也失去了反抗能力，變得麻木而逆來順受。

只是即便這樣，傅崢黑色的眼睛漆黑深邃：「妳有什麼錯呢？妳也只是一個不完美的受害者而已。」

「不，我有錯。」寧婉深吸了一口氣，看向了地面，「我太自私了，像所有高高在上的鍵盤俠一樣內心指責埋怨著我媽，可從沒想到主動幫助她脫離這種生活。」

「才六歲的詩音都想著不斷報警、偷偷錄下影片證據這些方式，努力想要幫助自己的媽媽，可我呢？我只動了動嘴皮子，講著那些大道理規勸著我媽，可實際什麼也沒有為她真正做過。」

自己母親那些年的壓抑痛苦和磨難，寧婉如今想起來，心疼的同時充滿了悔恨和自責，自己真的為母親竭盡所能了嗎？根本沒有！

她根本不是個合格的女兒！

「我媽在長久的暴力裡選擇了沉默也害怕改變，所以她不敢離婚，可我就這麼輕易放棄了她……」

說到這裡，寧婉已經控制不住自己的情緒，自責悔恨和痛苦像有毒藤蔓一樣爬滿了她的心，她知道自己不該哭，這太失態了，傅崢甚至沒有和自己認識多久，然而這一刻，寧婉根本無法抑制，六歲詩音的那番話，錘擊著她一直以來良好的自我感覺，如果想真正保護一個人，光動嘴是不夠的。

「要不是詩音這樣激烈的態度，或許都打不醒舒寧，我在想，如果我當初也能像詩音這樣，我媽是不是早就和我爸離婚脫離苦海了。」

寧婉低著頭，盡力想掩飾自己不斷往下流淌的眼淚：「我明明……明明可以早點把我媽接到容市的，這樣即便她不離婚，也可以遠離我爸，我再請個心理醫生對她好好干預治療下，再滿兩年分居的話，說不定早就和我爸徹底一刀兩斷了……可我什麼都沒想到，我什麼都沒為我媽做，我只想著自己眼不見為淨逃離我爸，還一心覺得我媽是執迷不悟，我根本……我根本不是一個多好的人，我甚至沒能保護好我媽媽……」

「妳沒有錯。」打斷寧婉的是傅崢的聲音，即便只是這一句簡單的話，似乎都有安定人心的力量。

寧婉覺得自己的臉上傳來溫熱的觸感，眼前傅崢遞了一張紙巾過來。

「歷來我們國家的文化裡，都喜歡在受害者身上找原因，一個女人遭遇家暴，立刻就會有人追根究柢，她有過錯嗎，她是不是先出言挑釁？一個女孩分手後被前男友追打，又開始抽絲剝繭，她是不是在戀愛期間花了男人很多錢分手才被報復？」

如果此刻傅崢指責寧婉，或許寧婉會更好受些，然而他沒有，他溫和、包容，沒有妄加評價，寧婉卻更想哭了。

「總之，好像受害者必須是完美的、毫無瑕疵的，才配得到同情。但其實不是的。」

傅崢微微彎下腰，視線和寧婉齊平，「受害人不論怎樣，就是受害人，妳不用苛責自己不夠完美，妳和妳媽媽一樣，都是受害者，所以不要自責是妳自己做得不夠好沒有保護好別人，因為妳本身也應該得到保護。」

寧婉的眼淚還是忍不住往下掉，傅崢看起來很無奈，他輕輕拍了下寧婉的頭，盯著她蓄滿眼淚的眼睛：「真的不是妳的錯，錯的是施加暴力的人，妳和所有受害人一樣，不應該去苛責自己。」

寧婉忍住了哽咽，狼狽地移開了視線。

一直以來，寧婉對外都是陽光的、堅強的、永不服輸的，然而這一刻，她卻覺得自己再也不想要堅強了，傅崢太溫柔了，溫柔到寧婉真的覺得如果能一直有他保護就好了，溫柔到想要依賴，溫柔到寧婉真的原諒了自己，她也是受害者，即便做得不夠好，也沒有錯。

「另外，我也一直想為我此前對妳學歷的看法向妳道歉。」傅崢的語氣很輕柔，「對不起，是妳讓我改變了看法，學歷不代表一切，學歷也不過是敲門磚和起點而已，妳很棒，在那樣的環境裡長大，還能成為這麼厲害的律師，真的很了不起，如果我是妳，我未必能有妳的成就。」

「所以不要哭了，人都要笑起來才會比較好看。」傅崢笑了笑，循循善誘道：「好了，妳想吃什麼？抹茶霜淇淋要嗎？慶祝一下妳和當事人和解，投訴即將撤銷？這樣的好事，應該高興點才是。」

寧婉也不矯情了，她抹了把淚眼，乾脆道：「要！」

過去的已經過去，未來尚未到來，不論如何，時光都無法倒流，但既然都已經意識到了自己的不足，抓住這一刻，現在仍可以補救。

人生有時候或許是奇妙的輪迴，寧婉幫助了舒寧，但某種意義上，舒寧這個案子也點醒了寧婉。舒寧經由此，終將得到成長，作為代理這個案子的律師寧婉又何嘗不是？

或許很多時候，律師和當事人之間，也並非一味的單向輸出，也是可以互相溫暖和成長的。

在哭過發洩過情緒以後，寧婉已經知道自己該怎麼去做，家暴受害人或許從來不僅僅需要口頭的建議，更需要有人主動朝他們伸出手，拽他們出泥濘的生活。

她要去做過去自己沒能做的事，去保護她的媽媽，去改變她的人生。

但是這一刻，她要先跟著傅崢，去吃她的抹茶霜淇淋。

第十四章　受害者的反擊

等吃完抹茶霜淇淋，寧婉的心情已經平復很多了，恢復冷靜後，接連席捲而來的，就是尷尬。自己好歹勉強算個資深律師，結果在傅崢這個實習律師面前哭了，頓覺羞愧的同時，寧婉的臉也火辣辣的，好在她這個人臉皮厚，傅崢沒再提，她也就自欺欺人當這事不存在了。

令人可喜可賀的是，舒寧確實遵守諾言很快撤銷了投訴，並且這次是真的下定了離婚的決心，二話不說收拾行李帶著女兒搬去了飯店，同時積極主動投履歷面試，幾天時間裡竟然就已經收到了幾家公司的橄欖枝，而好事成雙一般，被虞飛遠砸壞的舊手機成功恢復了資料，虞詩音偷拍的影片也得以匯出，這影片清清楚楚拍下了虞飛遠施暴的過程，臉和聲音都非常清晰，而舒寧幾次的求饒聲裡又可以推斷出虞飛遠已經不是初次家暴，可謂一下子成了重大證據突破。

「按照這些證據，再輔以詩音的證人證言，只要等舒寧確定好入職有了穩定工作，證明有能力撫養孩子，這離婚撫養權的官司一審勝訴機率就很大。」

忙前忙後能得到這樣的結果，寧婉是很開心的，和舒寧解開心結徹底溝通明白後，她在傅崢的建議下為舒寧引薦了趙軒，舒寧雖有遲疑，但還是去趙軒那進行診斷並接受一些心理干預治療，因為有輕度憂鬱，也開始服藥控制，如今一段療程下來，整個人的狀態都好了不少。

而在寧婉傅崢的鼓勵下，她也重新開始社交，透過姚玥做中間人，舒寧向顧教授坦承了過去自己的錯誤，也講了講這些年的遭遇經歷以及如今正在進行的離婚撫養權訴訟。

顧教授本就是惜才愛才之人，舒寧又是最心愛的弟子之一，聽了舒寧這幾年的遭遇除了唏噓外也很心疼，見她如今終於醒悟願意重新投入學術和事業，倒是替她高興不已，幾次下來兩個人不僅冰釋前嫌，舒寧求職，顧教授也幫忙牽線搭橋，幾次學術會議也帶著舒寧出場，忙前忙後幫她重建社交圈走上正軌，甚至還鼓勵她等徹底擺脫虞飛遠恢復單身後，好好發展事業的同時，也可以再留意留意身邊的優質單身男人，倒是比舒寧本人還操心，讓舒寧哭笑不得之餘也感動感激。

而另一邊，在傅崢的鼓勵下，寧婉終於鼓起勇氣和自己母親開誠布公地談了一次。這一次，她沒有再帶著指責或者埋怨的情緒，心態是真的平和溫柔起來，傅崢的一番話給了她很大的安慰，也給了她啟發，讓寧婉終於願意邁出改變的那一步，也相信自己、自己的媽媽，未來都能變得更好。

家人本就應該互相扶持互相保護，當媽媽在泥潭裡的時候，自己應該拉她一把。

大約很多事也真的是心誠則靈，以往不管怎麼勸都不肯聽的母親，在寧婉的坦誠面前，第一次有了掙扎，而寧婉的理解和安慰，也讓她紅了眼眶。

一切改變都需要時間，寧婉也沒逼迫母親，尊重她的決定，慢慢來，說服了之後接她搬來容市，先脫離自己的父親，未來總是能慢慢改變的。

總之，舒寧也好，自己母親也好，都漸漸走上了正軌，寧婉心裡既感動又鬆了一口氣。

「學姐，現在案子有了好走向，妳的投訴也撤銷了，不如今晚我請妳吃個飯慶祝慶祝？」

這次能柳暗花明，寧婉也想慶祝一下：「你請我就不用了，應該是我這個好運的人請客才是。」

陳爍也沒和寧婉在這事上較勁，他幾乎立刻順水推舟道：「也行，那妳看我們去吃什麼？吃韓國烤肉行嗎？我聽說最近有家新開的店特別不錯……」

寧婉被投訴這件事，陳爍原本急得都睡不著，嘴角上都出了燎泡，結果沒想到柳暗花明，也或許是寧婉的認真和初心終於傳遞給了當事人，最終事情竟然順利解決了。此前寧婉為這件事焦頭爛額，陳爍也束手無策，如今解決了，自然想和寧婉多些單獨相處的時間。

寧婉一聽「烤肉」兩個字，眼睛果然亮了起來，可惜陳爍還沒來得及高興，就見寧婉逕自轉頭看向了傅崢：「傅崢，你吃不吃烤肉呀？」

一瞬間，陳爍剛才高興的情緒就掉了個徹底。

「我沒有什麼特別的忌口。」

「那行！」寧婉當即拿出手機傳了什麼，過了片刻，便一錘定音敲定了慶祝晚餐，「我剛叫了麗麗一起，今晚請你們吃個飯，之前我被投訴，大家替我擔心了，也算是我傾情回饋了哈哈哈哈。」

一聽邵麗麗也要來，陳爍心裡的彆扭緩和了一點，他看了傅崢一眼，寧婉不過就是叫個聚餐，傅崢不過也就是個湊人頭的，沒什麼，自己不用太過在意。

陳爍本來挺期待這次聚餐，可惜好的不靈壞的靈，等下午的時候，他收到了自己老闆的郵件，要求晚上和美國那邊開個視訊會議溝通案子，社區工作畢竟只是掛職，自己團隊的活還是要幹的，陳爍推脫不掉，只能遺憾無緣參加寧婉的聚餐，好在傅崢這傢伙運氣也沒比自己好多少，他似乎也有什麼事，也不得不婉拒了聚餐。

「那沒事，你們都先去忙，今晚我就和麗麗 girls' time，等你們下次有空了再請你們吃！」

陳爍和傅崢不愧是朋友，寧婉看得分明，陳爍原本以為只有自己無法參加時，臉上的失落和惆悵別說多濃厚了，結果一聽傅崢也不能參加，得下次再和自己一起吃飯，臉上快樂得就差放光了。

或許還是同性之間更容易成為朋友吧，自己和邵麗麗之間惺惺相惜，沒想到陳爍和傅崢之間的友誼也如此濃厚！

雖然陳爍和傅崢沒辦法參加聚餐，但寧婉的心情還是很好，邵麗麗比她還高興，兩個人許久沒見，一見面便又開始八卦，胡扯了半小時正吃著烤肉，邵麗麗的電話響了——

「蔡珍，有什麼事嗎？啊？今晚？今晚不行欸，今晚我已經在和朋友吃飯了，能明晚嗎？妳明晚就準備回老家？這麼急？」

邵麗麗掛了電話，有些尷尬：「所裡的一個實習生妹妹，人挺乖的，和我挺投緣，還說著等她轉正以後一起慶祝下，眼見著離她畢業轉正沒多久了，我聽說所裡都要和她簽勞動合約了，結果她突然說結束實習後準備回老家找工作了，而且說明天就走，今晚想和我吃個散夥飯……」

「那妳喊她一起來吧，還是學生，所裡實習薪水也幾乎算沒有，這頓正好我一起請了。」

寧婉這麼一放話，邵麗麗也不糾結了：「那行，我叫她一起來得了，正好妳也幫我一起勸勸她，她是頂尖大學法學院的，老家在一個四線城市，為人挺積極上進的，妳說何必一畢業就回老家呢……」

大概因為就在附近，這位叫蔡珍的實習生沒多久就趕到了烤肉店，邵麗麗剛想幫她和寧婉互相介紹，就見蔡珍意外地看向了寧婉——

「啊，是妳！」

寧婉有些愕然地抬頭：「妳認識我？」

蔡珍有些靦腆和不好意思：「妳……妳可能不記得我了，就有次高鐵上，我被個老阿姨霸座了，當時是妳幫我引開了老阿姨，但我一開始還誤會了妳，覺得妳做律師的，怎麼遇到糾紛不敢用法律正面對抗，有失法律人的尊嚴……」

她這麼一說，寧婉倒是想起來了：「難怪看起來有些眼熟，原來是妳！」

蔡珍這下更侷促了：「對不起，後來我意識到妳是用這種最實惠靈活的方式處理掉霸座的，我就後悔了，出站後想找妳道歉，但沒找到妳，沒想到現在遇到了，謝謝妳。」

寧婉自然不是那種記仇的人，一來二去，邵麗麗也總算明白了是什麼事，她豪爽地拍了拍蔡珍的肩膀：「妳現在實習了，應該知道律師處理很多基層糾紛，可不是簡單刻板按照法律就行的。不過也挺巧，寧婉也是我們正元所的，也是妳前輩呢。」

因為都是學法的，又都在正元所，三個人很快熟悉起來，寧婉和邵麗麗偶爾交流下手頭的案件，蔡珍也一臉認真地聽，她確實挺好學，遇到不懂的地方，還會特別乖巧地提問，雖說只是個實習生，但提的問題都很精準，一看就是經過思考的，幾次下來，寧婉也發現了，蔡珍非常適合當律師，因為思緒敏捷、邏輯嚴謹、想法清晰，而從她全神貫注的眼神來看，她也應該相當喜歡法律、享受分析案件解決案件的過程才是。

「妳這麼好的潛能，也已經簽約我們所了，為什麼突然想回老家？考公務員嗎？」

面對寧婉的問題，蔡珍頓了頓，然後低下了頭：「不考公務員，我喜歡當律師，我準備回老家當律師……」

蔡珍要是準備回老家考公務員進警局、檢察院、法院，追求穩定點的生活，寧婉便也不多話了，但一聽說她竟然準備回老家當律師，她就有些忍不住了：「如果是想做律師的話，容市好歹是一線城市，法律市場肯定更大，業務也比妳老家更豐富，做律師還挺講起步的，妳如果戀家想回家照顧家人，也完全可以趁著年輕先在正元所裡混資歷，這樣過幾年再回老家，說不定都能做當地小所合夥人啦。」

一講起這話題，蔡珍明顯臉色不好，剛才那種亮晶晶的眼神一下子沒了，整個人變得灰撲撲的，眼神躲閃，甚至有些魂不守舍，看起來突然拒絕入職正元所這件事怕是有隱情。

但既然她不想說，寧婉也沒有打探，本打算換個話題，倒是邵麗麗開口了：「唉，可別說了，妳這話我都和珍珍說了八百遍了，真是飽漢不知餓漢饑，如今法學生就業越來越難了，妳知道如今多難錄取進正元所嗎？結果妳倒好，輕輕鬆鬆就把這個機會放棄了，何況妳比起我和寧婉，運氣已經好太多了，不僅可以正式簽約入職，而且一進來就可以跟著金Par幹活，他是做商事的，不少高端業務，給團隊裡律師的年終紅包也大方得很……」

邵麗麗說到這裡，想起什麼也開始埋怨寧婉了：「這麼說起來妳們還真有緣，妳說說妳們都怎麼回事啊？寧婉妳雖然進所的時候先進了人才池，可之後金Par也是想招妳進團隊的啊，結果妳呢，妳還沒去，愣是跑到這社區當什麼社區駐點律師了。」

邵麗麗一邊說一邊喝了口柳橙汁，忍不住感慨：「想想金Par也真慘啊，好不容易看上想招進團隊的人，結果一個兩個都拒絕了他……」

只是說者無心，聽者有意，寧婉幾乎是一聽到金Par這個詞，就敏感地抬頭看了蔡珍一眼，果不其然，這女孩一聽這兩個字，便神經質地開始撩頭髮，臉色瞬間差了，眼神裡透露出的都是焦慮和努力掩飾的恐懼。

邵麗麗這人神經大條絲毫沒意識到什麼問題，很快也轉換了話題，蔡珍畢竟馬上就要離開正元所，邵麗麗舉杯給蔡珍祝了幾次酒，看得出她確實和蔡珍投緣，作為前輩絮絮叨叨關照了不少。

只是蔡珍的表情一直很慘澹，對邵麗麗的關心，笑得也很勉強，邵麗麗自動理解為蔡珍是不捨離別情緒不高，但寧婉知道不是。

這頓飯最後也沒能吃多久，邵麗麗晚上還要加班，三個人便在烤肉店門口告別，只是邵麗麗走了，寧婉心裡卻怎麼都放不下，她和蔡珍住的地方原本是兩個完全相悖的方向，她也知道自己沒必要多管閒事，但最終，腳還是快於理智，等寧婉意識過來的時候，她已經反身追向了蔡珍——

「蔡珍，妳願意和我再喝杯飲料嗎？」

在蔡珍的愣神裡，寧婉冷靜地開了口：「我想和妳聊聊。」

雖然事出突兀，但大約有高鐵占座事件的好感在，蔡珍最終同意了寧婉的請求，寧婉挑了一家環境優雅的小眾飲料店，她點了兩杯原味奶茶，先和蔡珍隨意聊了些家常，蔡珍一開始確實有些緊繃，但聽寧婉說了些社區辦案的趣事後，整個人放鬆下來，甚至能笑著追問寧婉一些案子的後續。

見時機差不多成熟，寧婉也不想再繞圈子了：「妳其實想留在正元所吧。」

蔡珍愣了愣，隨即便抿緊了嘴唇。

寧婉喝了口奶茶：「金建華是不是騷擾妳了？」

寧婉這話下去，蔡珍徹底震驚了，下意識就問道：「妳怎麼知道？我……我誰也沒說啊！」她的語氣裡充滿了慌亂，「他說如果我說出去，就要告我！妳……妳怎麼知道的？他和妳說的嗎？」

幾乎是瞬間，蔡珍整個人都緊繃了起來，看向寧婉的眼神裡也充滿了戒備和害怕。

「妳不要害怕，沒人告訴我。」

在蔡珍的疑惑裡，寧婉深吸了口氣：「單純因為我經歷過妳遇到的事，金建華也騷擾過我。」

蔡珍震驚之餘，也慢慢反應過來：「難怪剛才麗麗姐說，妳之前也拒絕了他的邀請！原來如此！」

寧婉看了蔡珍一眼：「所以如果沒有金建華，妳是想留在正元所、留在容市做律師的吧？」

這下蔡珍完全放下了原本的戒備，沒什麼比共同受害人的身分更能引發同理心了，她也不再強顏歡笑，表情垮了下來，向寧婉和盤托出道：「是的，我其實很喜歡正元所，覺得有很多高端業務，能學到很多，也不想離開容市，可……」

寧婉皺了皺眉，認真道：「他對妳做了什麼？妳願意告訴我的話，我來幫妳想想辦法。」

雖然金建華是正元所的 Par，但只是個中級合夥人，遠沒有到在法律圈裡一手遮天呼風喚雨的地步，即便蔡珍留在正元所或許會和自己一樣遭到金建華的排擠或者刁難，但蔡珍的畢業院校比自己好很多，除了正元所外，在容市還有很多別的事務所可以選擇……

蔡珍顯然為這事憋得痛苦，如今一遇到和自己有同樣遭遇的寧婉，本就六神無主，如今更是一下子就情緒崩潰連眼眶都紅了：「我一開始覺得自己挺幸運的，能被選中在正元所實習，實習了沒幾個月，金建華就說，覺得我認真肯幹，願意帶我，我就跟在他團隊裡一起幫忙，一開始確實挺好的，金建華很關照我，辦什麼案子都帶著我，讓我學到了很多，平時有什麼疑問也都很詳盡地跟我解釋，他出差還常常想著帶個伴手禮給團隊裡的每個人，連我也有份……」

「總之一開始真的覺得遇上他是自己三生有幸，也很努力地在他面前表現自己，希望實習後能轉正正式進入他的團隊，畢竟遇到這麼好的老闆不容易，他還常常和我聊聊職業規劃和人生之類的，給的意見都很中肯，就讓人有種平易近人亦師亦友的感覺，我一度真的很崇拜他……」

如今回憶起過去，蔡珍的眼神裡都是後悔：「可能我真的太年輕了，一下子就對他放鬆了警惕，後來有次有個案子去臨市出差，金建華號稱團隊別的律師都有案子在忙，問我願不願意當個小助理跟去，我一點也沒多想，很高興地就去了，還覺得是難得的機會……」

「結果他趁著出差騷擾妳了？」

「其實一開始他還是很規矩的，訂飯店也訂了兩間房間，我也完全沒多想，只是到晚上九點多的時候，他突然傳訊息給我，說讓我把一份資料送到他房間去，我就去了……」一說到這裡，蔡珍就忍不住了，她的眼淚掉下來，「結果我一進房間把資料給他，他就突然把我撲在床上，然後就親我，還強行想脫我衣服……」

寧婉握住了蔡珍微微顫抖的手輕輕拍了下：「別害怕，慢慢說，都過去了，妳最後沒出事吧？」

「沒……我一直抵抗，而且很激烈，還咬了他的手一口，趁著他分神，我趕緊跑出房間了，後來也顧不上案子不案子了，當夜就訂火車票逃回了容市。」

看蔡珍如今瑟瑟發抖又後怕又恐懼的模樣，寧婉的心裡既是憤慨又是自責，蔡珍經歷的這一切，她不是沒經歷過，歷史總是驚人的相似。

當初因為正元所擴招，不是名校出身的寧婉才得以進所，只是此後一直沒辦法進入大Par的團隊，也是這時候，金建華出現了，對自己溫和又關照，主動友好地指點了自己好幾次辦案實操，同樣亦師亦友，以至於寧婉在得知金建華願意收自己進團隊時，那種興奮憧憬和期待直到今天都記得清清楚楚——即便自己不是名校出身，但終於得到了努力的路徑和機會！

只可惜現實很快給了寧婉一個響亮的耳光，因為幾乎是寧婉點頭的同時，金建華的手就撫上了她的臉頰，寧婉至今記得他看向自己的眼神以及輕浮語氣，他說——

「寧婉，妳這麼漂亮，做律師玩玩就好了，沒必要那麼累，我來幫妳扛著壓力就好，妳就負責貌美如花，案源嘛，妳跟了我，自然不用愁，妳知道我什麼意思吧……」

金建華一邊說，那隻摸著寧婉的手還一邊往下移，意圖繼續撫摸寧婉的腰身，雖然寧婉很快逃離了他的觸碰，但那種油膩噁心的觸感彷彿至今都留在自己的腦海裡。

後面的事，寧婉偶爾午夜夢迴也會想起，然而總覺得像是一場夢，她像個旁觀者，看著自己憤怒而羞辱地打了金建華一個耳光，聽著金建華用惡毒的詞彙咒罵自己，並且威脅自己如果不識時務，以後別想在所裡好過……

有一點金建華倒是挺講信用，說到做到，此後正元所為了所裡的好口碑，新開拓了社區律師的掛名業務，寧婉便在金建華的「力薦」裡被「流放」了，這一「流放」，就兩年了，而今年正元所甚至還和悅瀾社區續約了……

這類駐點值班的工作本身就帶了服務性質，錢不多事多，本來就沒人想去，說好的輪班和換崗也根本不了了之，寧婉原本也不需要真的來值班，奈何金建華的報復，他盯著寧婉愣是要求所裡規定不允許形式主義的「假駐點」，律師必須到場，而寧婉索性也卯著一股勁，就這樣一直在社區幹下去了。

當初事發突然，寧婉也還沒什麼實踐經驗，根本沒想到錄音保留證據，何況金建華挨了巴掌後也沒再糾纏，只是處處隱形刁難，寧婉也無從取證。律師做事最講究的就是證據，自己既無任何證明，那金建華又是個中級合夥人，因此寧婉最終只能選擇按捺不表。

以往她一直覺得自己那樣處理是對的，然而如今看著眼前神色痛苦眼眶發紅的蔡珍，才自責與愧疚起來。

人是不會變的，金建華能把黑手伸向自己，也會把黑手伸向別人，如果當初自己勇敢站出來，即便沒證據，也至少鬧個天翻地覆，讓金建華無法再維持如今偽善的面孔，那麼蔡珍是不是就不會受害？

此刻，蔡珍因為情緒激動，講起這段還有些語無倫次：「我剛逃回容市，金建華的電話就來了，他身上明明一點酒氣也沒有，但電話裡他藉口說自己喝多了，總之也道歉了，然後問我能不能不要說出去，我想要什麼樣的彌補都可以……」

寧婉聽到這裡，幾乎是下意識就問起來：「妳錄音了嗎？」

「我沒……」蔡珍有些沮喪，「我第一次遇到這種事，完全沒了主意，手腳都發抖，根本沒想留存證據，而且事後想想，他在電話裡講話也很注意分寸，根本沒有提及自己到底做了什麼，只是說自己做得不妥，希望我不要介意之類……」

也是，金建華既然不是第一次做這種事，結果至今還逍遙法外，他自己又是吃法律飯的，自然是老奸巨猾，即便蔡珍錄音，恐怕也證明不了什麼。

不過問蔡珍想要什麼彌補……

寧婉心裡有些不太妙的預感：「他問妳要彌補，妳說了什麼嗎？」

不問還好，一問，蔡珍的眼淚就掉下來了，她開始抽泣，又悲憤又絕望。

她這個反應，寧婉心裡就有了計較：「他是不是暗示妳，既然他做了錯事，可以給妳物質性的賠償，並且不斷引導妳提錢？但他自己言辭裡一個錢字也沒帶上？」

蔡珍愣了愣，隨即點了點頭：「寧婉姐，難道妳當初也遇到這事了？」

「我沒遇到。」寧婉嘆了口氣，已經對金建華的手段猜得八九不離十，「他這麼一說，妳肯定被他的思想帶偏了，提了錢對吧。」

「我開始是不想提的，但後面他像是洗腦我一樣，意思是，我要了彌補他才安心，否則就會一直打電話給我，我害怕他又糾纏我，也在他的說服下覺得自己確實有理由要補償，就開口了……」

「妳要了多少？」

「我要了一萬塊。」

敲詐勒索立案標準起點視當地經濟水準不同是一千到三千，但一萬塊，不論如何，都已經超過這一標準了。

蔡珍哭著解釋道：「事後我就後悔了，看著這錢怎麼看怎麼燙手，我趕緊把一萬塊退回給他了。」

「可他還是告訴妳，妳這算是敲詐勒索既遂了是不是？」

蔡珍紅著眼圈點了點頭：「是的，也是這時候，我才發現，雖然我自己沒錄音，但是金建華卻對電話內容錄了音，而且他很有技巧的掐頭去尾，最終剪輯下來，聽起來完全就是我單方面跟他要封口費……」

「他就和我說，即使我後面還錢了，但已經是敲詐勒索既遂了，還錢了也還是需要當事人的諒解才能酌情處理，他只要咬死了不原諒，不管怎麼說，我可能都要留下一個刑事紀錄……」

「所以妳才害怕到決定離開容市，徹底遠離這個人，不惜立刻結束實習，拒絕正元所的錄取，逃回老家去？」

蔡珍抹了抹眼淚，點了點頭：「他表示自己寬宏大量不會計較，只要我好好改正，這件事就揭過了，雖然沒明說，但他字裡行間的意思，是準備拿這事要脅我了，如果我還留在正元所，甚至還留在容市，都有可能被他拿捏著騷擾，我不知道還會遇到什麼事……」

原來真相竟然是這樣，寧婉努力壓制住內心的憤怒和火氣，才沒有當場爆發，她以前就覺得金建華心術不正，但不知道他竟然可以這麼無恥。

蔡珍甚至還是個談不上出社會的學生，結果金建華仗著自己的老闆地位，仗著自己對法律更為熟知更知道如何鑽漏洞，不僅有恃無恐地妄圖性騷擾潛規則蔡珍，甚至在事後還能如此鎮定自若地給蔡珍下套，一步步把她往坑裡推。

寧婉在社區待的時間久了，接觸過形形色色的案子，很多時候，一旦稍有不慎，受害者確實也很容易在法律上被定性為加害人。

金建華這樣暗示蔡珍，自己閉口不提錢字，其實就等著蔡珍獅子大開口跟他要錢作為賠償，好把蔡珍往敲詐勒索的罪名裡套。

因為在道義上，蔡珍千真萬確是受害者，這事說出去沒人會給金建華站隊，可正因為這樣，蔡珍這樣的受害人是很容易在情緒激動之下放鬆警惕的，覺得自己確實有理由拿到賠償，而賠償這種東西，道歉什麼的自然不值錢，當然是用金錢來衡量，所以開口要錢的時候根本不會在意對方是挖了坑。

然而道義上的正確和法律上的正確是兩回事，一個不慎，就容易掉進圈套裡，最終不僅拿不到任何賠償，還會被敲詐勒索這四個字搞得焦頭爛額，自己平白無故受了損，最終甚至要反過來祈求性騷擾加害人的原諒，以避免敲詐勒索的調查。

蔡珍這種大學生和金建華這種律政老狐狸，根本不是同個段位的，寧婉完全可以想像，金建華是怎麼步步為營全身而退的，甚至從他這麼嫻熟冷靜的處理方式來看，自己遠不是第一個受害者，而蔡珍也不會是最後一個。

雖說蔡珍原本對社會險惡沒什麼體會，但畢竟是個法學生，經歷過這一遭，很快也能想通其中的邏輯，只是事情已經發生，完全無法挽回，蔡珍如今懊悔又自責：「都是我自己沒用，學了四年法律，結果事到臨頭，別說用法律保護自己，還搬起石頭砸了自己的腳，金建華惹不起，就只能躲……我想著萬一還在容市，他手裡握著那段錄音，萬一以後又來騷擾我……所以……」

「一開始也想過曝光他，可一來我自己沒注意錄音保存證據，二來，萬一我發了社群曝光，他把自己手裡那段掐頭去尾的錄音一放，我敢保證，輿論都會來罵我的，會罵我是故意勾引仙人跳，其實就想坑錢……」

講到這裡，蔡珍忍不住又紅了眼眶：「是我自己不好，要是我當時嚴詞拒絕賠償，就不會落到這種尷尬的地步了，再不濟也可以和他魚死網破，總之不至於受制於人……」

「妳沒錯，受害者要賠償有什麼問題？這本來都是妳應得的，妳的要求是正當的，只不過沒有注意用一種能保護自己的方式去交涉。」寧婉遞了紙巾給蔡珍，「受害人不完美沒關係，因為錯的是加害人。」

這句話，沒多久前才從傅崢的嘴裡說出來，如今場景變換，寧婉成了安慰他人的人，說著和傅崢一樣的話，希望給予受害人力量，有那麼一瞬間，寧婉恍惚間覺得，冥冥之中自己做任何事的時刻，傅崢都站在自己身後，他並不過分耀眼，也沒有那種過分優異造成的距離感，明明只是個實習律師，但給人的感覺卻莫名溫和強大以及可靠，以至於寧婉在迷茫時能時常想起他。

他很重要，比寧婉想像的還重要。

但蔡珍這件事，光安慰是沒用的，說到底，自己雖然因為同樣的經歷能夠相信蔡珍，可因為沒有證據，一旦曝光，確實沒有多少人會站在蔡珍這邊，何況現在金建華手握錄音……

蔡珍哭過以後，情緒穩定了許多，看向寧婉的眼神也帶了感激：「寧婉姐姐，謝謝妳安慰我，這事我本來也不敢說，現在說出來，感覺已經好多了，唉，怪我自己蠢……」

「所以妳還是決定要離開容市嗎？」

提及這個話題，蔡珍的神色再次慘澹了起來：「我也沒辦法……」

「妳先別急著結束實習，也別急著拒絕入職正元所的機會。給我幾天時間，或許不僅可以還妳清白，還能把金建華的真面目公之於眾。」

蔡珍臉上雖充滿了感激，但顯然也已經對這事不抱希望：「寧婉姐姐，有妳相信我就好了。」

即便蔡珍自己都放棄了，寧婉這次卻不想輕易放棄，自己過去就應該做的一件事，即便遲了，但該做的事，還是要做。

事不宜遲，寧婉決定當晚就行動，和蔡珍告別後回到家裡，寧婉就翻出了手機聯絡人，自上次後，金建華就一直躺在她的黑名單裡，她咬了咬牙，忍著噁心把對方從黑名單裡放了出來，醞釀了下情緒，然後傳了一則訊息給他——

『金Par，過去有些事我覺得自己想通了，是我做得不對，很想當面和你解釋下，不知道你什麼時候有空一起吃個飯？』

這則訊息寧婉用詞斟酌再三，最終確保裡面沒有夾帶自己內心的真實情緒，看起來確實像則認錯訊息，又委婉地充滿了暗示，才點擊了傳送。

果不其然，半小時後，金建華的回覆就來了——

『明晚六點我有空，悅城飯店中餐廳見。』

言簡意賅，沒有什麼多餘的內容，也沒流露任何態度，即便作為書證，連接上下文，也舉證不出什麼，倒是很符合金建華的風格，做起這種下三濫的事來滴水不漏謹慎至極。

和金建華約好了見面地點，寧婉又在心裡盤算了明天的計畫，把錄音筆放到了包裡，才安心睡了覺。

好在第二天社區裡風平浪靜，除了偶爾幾通諮詢電話，倒沒什麼現場諮詢，只是臨下班的時候，陳爍叫住了寧婉——

「學姐，妳今晚有空嗎？有空的話我們一起吃個飯？之前說好的慶祝宴，還一直沒吃呢。剛我朋友推薦了一家私房菜館給我，要透過老闆熟人才能預約，而且搶位，我就自作主張先預訂了，要不然今晚就去那裡？」他說著，看了傅崢一眼，「傅律師也有空吧？」

雖然陳爍很希望傅崢搖頭，但事與願違，傅崢有空。

傅崢有空就有空吧，反正舒寧這事，看寧婉的態度這頓飯怎麼也要帶上傅崢，陳爍也不管了，能和寧婉一起私下吃個飯就行，到時吃完飯他自告奮勇送寧婉回家，一路上照樣還能兩人世界。

可惜計畫得挺美，結果當事人沒空。

寧婉有些不好意思地拒絕了陳爍：「改天吧，今晚我有點事。」

寧婉說著，掏出了手機，切換到了地圖，她看了從社區到悅城飯店，大約需要二十分鐘，她估算了下時間，考慮下班尖峰時段，提前半小時離開會比較合適。

寧婉的社交圈其實相當簡單，她要約什麼人吃什麼飯陳爍幾乎都能猜出來，可她今晚約了誰？邵麗麗她剛約過，而對今晚的約飯對象，寧婉顯然有些遮遮掩掩，陳爍旁敲側擊了幾句，一貫大大咧咧的寧婉也都沒有接話表態，搞得陳爍反而疑惑和好奇起來，而更讓陳爍有危機感的是，臨到下班前，寧婉突然進洗手間化了個妝，再看她今天穿了一身明豔紅裙和黑色漆皮小高跟鞋，對今晚約會鄭重其事的態度，直讓陳爍充滿了危機感和不妙的預感。

寧婉身邊難道除了內憂傅崢，還有神祕外患？傅崢甚至有可能都不是什麼值得分眼神的競爭對手，只是個幌子，反而是外面那個神祕男人，讓陳爍越發在意起來。

寧婉幾乎到時間就拎上包匆匆離去了，她一走，陳爍就沒忍住，他看了傅崢一眼，打探道：「你知道寧婉今晚約的是誰嗎？」

結果傅崢抿了抿唇看了他一眼，那模樣還挺冷靜：「不知道。」

都什麼時候了！他還這麼鎮定！

陳爍循循善誘道：「可你看，寧婉今晚特地打扮了，感覺肯定是去見男的，而且還很重視和這個男人的約會，你就不好奇嗎？」

結果傅崢還是這麼不冷不淡：「不好奇。」

本來陳爍還想提點提點傅崢，畢竟關鍵時刻需一致對外，沒想到這傢伙這麼孺子不可教，而且寧婉一和別人約吃飯，他也沒閒下，陳爍見他接了通電話，聽語氣也是和自己朋友約了吃飯，然後竟然也走了，只留陳爍一個人在辦公室裡一個個排查和寧婉約吃飯的到底是誰……

寧婉六點準時到飯店餐廳，這家中餐廳雖然不是包廂制，但每桌之間都用了山水畫屏風隔開，既阻隔了隔壁桌的視線，又保有了隱私，環境相當不錯，當然人均消費也相當高。

大約為了端架子，寧婉到了半小時後，金建華大約覺得晾夠了自己，才姍姍來遲。

自從自己「流放」到社區後，寧婉和金建華幾乎沒什麼見面機會，如今她為了今晚，特地打扮過，紅裙紅唇，很是引人注目，金建華一見自己，臉上果然露出了點驚豔的神色。

只是他很快落了座，收斂了表情，又露出了道貌岸然的一面：「也挺久沒見了，小寧妳在社區也過了兩年了？是工作和生活上遇到什麼困難了？」

等的就是這句話。

寧婉撩了撩頭髮，恰到好處地露出了側臉，表情看起來懊喪又苦悶，語氣示弱，但音量卻微微抬高，以便錄音筆清晰記錄下音軌：「金Par，我這次來，是想和你道個歉，過去是我年少氣盛不懂事，不知好歹，當時就不應該拒絕你的好意，現在在社區歷練了兩年，也知道基層的苦和累，不僅錢少事多，這樣的工作經歷對升職而言CP值很差，幫助太小了，可既然當了律師，自然還是想要接大案有個更好的發展的……」

這番話說得合情合理，任憑誰在社區蹉跎兩年，恐怕也會待不住，金建華當初把寧婉逼到社區去，就是想挫挫她的銳氣，年輕人不懂現在律政職場多難混，也不知道珍惜自己的橄欖枝，就該好好認清社會的現實。

何況寧婉這樣的學歷背景，選擇也不太多，能進正元都是靠當年擴招，而進所後也沒機會做什麼大案，履歷還是很空白，即便想跳槽，也得不到什麼好的待遇，甚至作為女律師，年歲漸長，能找到的下家還不如正元，何況在正元這樣的大所，好歹還能有個念想，未來有朝一日能進高級合夥人的團隊。

確實也如金建華所料，寧婉大約也是沒找到更好的橄欖枝，並沒有貿然跳槽，只能安安分分地待在社區。

這兩年來，其實金建華也沒怎麼想起寧婉來，畢竟所裡每年都有一撥新來的女實習生，不少長得也可圈可點，可事到如今再次見了寧婉，才發現她還是不同的，她比她們都漂亮。兩年的基層生活也沒有磨損她的美貌，相反，金建華甚至覺得如今的寧婉更多了幾分味道。

金建華其實沒什麼耐心，但對寧婉算是多次破例了，也罷，他內心有些輕飄飄地想，寧婉長得這麼漂亮，稍微有些任性和小脾氣也可以理解，雖然當初打了自己，但兩年過去，這人遭受了挫折後，就明顯成熟踏實也懂事了，這種時候自己再把人收進來，也省心、安分得多。

這麼一想，金建華就有些飄飄然了，雖然仍舊把持著分寸，但語氣已然帶了點曖昧：「小寧啊，妳當初就是太年輕，妳看妳這麼漂亮，我也捨不得妳吃苦，但人吧，不吃點苦，就分不清什麼路才是對的，誰才是對妳好的人……」

寧婉忍著噁心，露出了乖巧聽話的表情，她包裡的錄音筆全程開著，只是金建華果然很奸詐，一番話裡仍舊滴水不漏，找不到明顯的證據。

這樣下去不行，寧婉想了想，還是下了決斷，她決定豁出去了！

傅崢今晚本來不想出門，但臨下班時接到了高遠的電話約吃飯，又想起寧婉一身嬌媚紅裙妝容精緻鄭重地出了門，雖然面上冷靜自持，但心裡倒是異常煩躁，陳爍的問題傅崢也想問，穿成這樣出門，寧婉到底是去見誰了？

一來二去心情不好，想來想去倒也同意了高遠的邀約，自己太關注寧婉了，即便以後想把她納入自己的團隊，老闆對員工也不能三百六十度無死角的關心，自己是該適度放放手。

「那我們去凱樂的西餐廳吧！」

結果對於高遠的提議，傅崢沒有直接回答，反而提出了個奇怪的問題：「從社區出發，現在這個時間二十分鐘的車程內，有什麼比較好的餐廳？」

寧婉離開前，地圖的語音提示她今晚要去的餐廳距離社區辦公室二十分鐘車程，而從她隆重的穿著來看，多半是個等級還不錯的餐廳，約的應該也是挺重要的人。

悅瀾社區附近大部分是中低階消費場所，作為社區配套，餐飲公司多數為CP值高的那類，二十分鐘的車程內高級的餐廳應當不多。

當然，對於寧婉今晚到底去哪個餐廳吃飯，傅崢並不好奇，他一點都不關心，他就是回國後還不太熟悉周邊商圈，隨便問問了解下情況罷了。

高遠不愧是容市通，很快，他就想到了答案：「這片二十分鐘車程裡的高級餐廳還真的不多，我印象裡也就悅城的中餐廳吧，這家環境不錯，人也不算多。」

「就這一家？」

「大概吧？反正我就知道這家，別的都不太好。」

「那就去吃這家吧。」

「？」

中西餐裡，傅崢一向更傾向西餐，然而今天，對於高遠的提議，他竟然主動要求去吃悅城的中餐廳？

面對高遠的疑惑，傅崢抿了抿唇：「突然想吃中餐了。畢竟是國人，還是要多支持中餐。」

「……」

最終，高遠還是遵從了傅崢的選擇。好在悅城飯店的中餐廳環境確實還不錯，每張桌子邊都有山水屏風，傅崢和高遠落座其中一桌後，沒多久，隔壁桌便也坐了人，傅崢透過屏風只看到一抹紅色的輪廓，對方和寧婉一樣，看起來穿了紅裙，也不知道是不是自己的錯覺，那身形看起來竟然也和寧婉差不多……

服務生很快到來，讓傅崢甩開了腦子裡亂七八糟的念頭。

雖說自己推測寧婉或許會來這家中餐廳，但畢竟只是推測，寧婉說不定會選擇別的CP值更高的小眾餐廳，傅崢在內心說服自己，他來悅城飯店完全沒有想要撞見寧婉的意思，畢竟容市這麼大，離社區車程二十分鐘的距離裡，還有各色各樣的餐廳，自己也不過是隨口問問高遠然後隨便選了家餐廳罷了。

這麼大的城市，兩個人下班後再遇見的可能性其實微乎其微。

可即便知曉這一點，也不知道是不是成天和寧婉待在一起，如今傅崢連看個屏風後隔壁桌的陌生人都像寧婉了。明明和寧婉身形差不多穿紅裙的人，這個世界上多了去了。

只是很快，傅崢就意識到，自己不是錯覺了。

這屏風雖然隔開了身形，但隔音效果並不好，正常來吃飯，為了隱私，聲音都是壓低的，可隔壁桌倒是有些奇怪，這聲音，也不知道為何，像是故意抬高似的，以至於坐在旁邊的高遠和傅崢都聽得明明白白。

而對方一開口，傅崢就敏感地認出了這是寧婉的聲音，坐在他隔壁桌的，自始至終確實就是寧婉，並不只是看起來像而已。

「金 Par，我這次來……」

寧婉的聲音雖然微微抬高，然而裡面的語氣卻是從沒在自己面前用過的嬌柔，帶了點撒嬌般的示弱意味，聽起來嗲嗲的，以至於傅崢一瞬間都產生了恍惚。

高遠一開始沒在意，但隨著寧婉的聲音繼續傳來，他也後知後覺反應了過來，看了傅崢兩眼，壓低了聲音：「寧婉？」

傅崢微微皺了下眉，沒有回答，隔壁桌的寧婉卻還在繼續，聲音嬌滴滴的，又是埋怨又是哭訴的——

「金 Par，對不起，過去的我真的是……」

高遠越聽臉上越迷幻了：「金建華？寧婉怎麼在和金建華吃飯？而且找他道歉？道什麼歉啊？他們看起來不是不太熟嗎……」

不是很熟的兩人，寧婉卻用這種語氣和金建華說話？這實在是很詭異。

雖然有些女生很漂亮並且常常以容貌為武器，對異性老闆撒撒嬌就能換來輕鬆的工作，可高遠印象裡寧婉從不是這種女生，她反倒是有些大大咧咧的英姿颯爽，並不是恃靚行凶的人……

只是……萬事也沒絕對，畢竟人是會變的，何況知人知面不知心，高遠也沒和寧婉長期相處過，如今寧婉在抱怨的內容，他聽來也確實有些情有可原——

「金 Par，社區真的太苦了，全是大爺大媽，案子又複雜又雞毛蒜皮，當事人文化素質也不高，糾纏來糾纏去的，說得都口乾舌燥了還是不理解，辦的稍微不順他們的意，就來吵鬧甚至辱罵，這日子真的沒辦法過下去了……」

隔壁桌的寧婉還在繼續哭訴：「我入職也幾年了，總不能一直在社區蹉跎吧？金 Par，之前你想招我進團隊，是我自己有眼不識泰山，現在才知道自己一個人在外面獨闖有多難，現在我教訓也吃夠了，人也成熟了，就想問問，我還有機會再加入你的團隊嗎……」

聽到這裡，高遠算是明白了，寧婉找金建華吃飯是為了從社區調回總所，他看了傅崢一眼，才發現對方的臉色相當難看，印象裡，傅崢並不喜歡女下屬仗著女性優勢達成什麼目的，寧婉這樣的做法簡直是踩到了他的雷點上，何況直接朝金建華拋出橄欖枝，那就是明確了不準備堂堂正正競爭申請進入傅崢的新團隊了……

一想到寧婉拋棄了傅崢投誠了金建華，高遠就有些同情，他低聲勸慰道：「你也別在意，這個嘛，人之常情，寧婉在社區確實待很久了，她為自己考慮也是正常，雖然你要新組建團隊，但是競爭肯定激烈，畢竟你是資歷深案源足夠的大 Par，寧婉評估了風險後，選擇更穩妥的方式，先去和中級合夥人搞好關係，想求穩直接進到金建華的團隊，也是可以理解……」

是可以理解，但是傅崢心裡還是覺得遭到了背叛，自己來來回回給寧婉特殊待遇，事無巨細在郵件裡指導了這麼久案例，結果希望她努力一把進入自己團隊的苦心似乎根本沒有傳遞給對方，一瞬間，傅崢甚至恍惚覺得自己是個慘遭渣男騙身騙心的受害者。

何況想求穩進入金建華的團隊，那話是不能好好說嗎？平時和自己說話的時候倒是從沒輕聲細語，結果怎麼到了金建華這，用這種柔得能滴出水的語氣？一個女性下屬用這種語氣和男性上司講話，根本不合適。

只是傅崢一口氣還沒下去，寧婉的一席話，就讓他一口氣又上來了。

隔壁桌的寧婉毫無覺察，用了更加示弱和可憐兮兮的語氣，語氣的末梢上都帶上了曖昧：「金 Par，只要你能讓我進你的團隊，什麼事我都願意的……我、我已經知道錯了，現在也明白了自己到底想要什麼，所以你看……」

寧婉有些用詞放低了聲音，以至於聽得不夠清楚，高遠一臉八卦，那神色，要不是礙於傅崢在場，都恨不得直接把耳朵貼到屏風上偷聽了。他一邊努力分辨，一邊朝傅崢努了努嘴：「你聽聽寧婉這話說的，怎麼跟想要和金建華發展不倫戀似的，人家金建華可是已婚多年了，孩子都上高中了……」

高遠搖了搖頭，不認同道：「現在的年輕人啊，講話也不知道分寸，被人誤會了多不好，幸好我這個人腦子裡很乾淨，不會有那些亂七八糟的聯想，也幸好金建華這人口碑不錯，對老婆孩子好像都挺上心的，不可能做這種……」

可惜，高遠的最後一個「事」字還沒說完，隔壁桌發生的一切就狠狠打了他的臉——「妳是真的什麼事都願意？」此刻響起的，是金建華的聲音，然而不同於以往在所裡那種穩重的語氣，此刻金建華的聲音帶了很明顯的輕佻，他輕笑了兩聲，「寧婉，妳可要知道，我不是吃素的。」

高遠皺了皺眉，他看了對面一眼，果不其然，傅崢的臉肉眼可見的黑了，還黑得很徹底，要是仔細分辨，高遠總覺得，這黑裡，似乎還有點綠。

而面對金建華這明顯的一語雙關，寧婉不僅沒推拒，反倒是含羞帶憤般笑了笑：「難道金 Par 是要吃了我嗎？」

這明顯就是調情了……完全不存在什麼說話沒分寸的解釋了……

寧婉這話下去，高遠第一反應就是去看傅崢的臉，他覺得傅崢現在的表情，有一種通體碧綠的趨勢，放到十字路口去當綠燈可能也沒什麼問題了……

高遠在內心嘆了口氣，傅崢啊傅崢，終究是錯付了……

寧婉翻來覆去朝金建華又是撒嬌又是示弱，金建華今晚開了瓶紅酒，一開始還端著架子道貌岸然，等酒精微微上頭，寧婉又一臉嬌羞懂事，他果然漸漸放開了手腳露出了真實嘴臉，當面露骨地和寧婉調情起來。

寧婉忍著強烈的噁心與金建華虛與委蛇，話題也直往取證的方向走：「金 Par，那我以後要是什麼都聽你的，你是不是就不會再為難我，把我下放到社區了呀？」

金建華此刻在寧婉的乖巧和含情脈脈裡，早已三魂丟了七魄。他平時確實是個謹慎的人，但如今看著眼前的寧婉，一時之間也有些陶醉，在他看來，寧婉是絕對不可能再翻出他的手掌心了，畢竟她不是一流法學院畢業的，還只是個學士，想在雙一流如雲的正元所裡混出個所以然來，實在是非常不容易，此前又被自己使計踢去了社區，被折磨了兩年，如今想要回總所向自己屈服的心絕對不可能有假。

這麼一想，金建華的動作就放肆了起來，他當即伸出手，拿起寧婉放在桌上的手摩挲起來：「什麼都聽我的？」他笑起來，用手指輕輕刮擦寧婉的手心，一語雙關道：「我可是肉食動物，無肉不歡，不僅吃肉，吃起人來，也很可怕哦，妳可不要吃不消喊停……」

金建華的動作讓寧婉滯了滯，她本來下意識想抽走手，然而取證的信念驅使下，最終還是穩住了自己的動作，好在這行為在金建華眼裡只是一種有情趣的欲拒還迎，並沒有引起他的懷疑。

忍受著金建華的動作，寧婉再接再厲繼續道：「那你是不是答應我，以後不會針對我再把我下放到那什麼社區了？我在社區可累死了，真的幹不下去了，總之，以後我都聽你的，你想對我怎樣就怎樣，金 **Par** 你是不是就不會為難我了？」

金建華此刻精蟲上腦，恨不得立刻把寧婉帶到房間為所欲為，根本沒在意寧婉話裡的圈套，只繼續摸索著寧婉的手：「我怎麼捨得為難妳呢？以後我疼妳還來不及。」

寧婉忍著想吐的衝動，繼續對金建華笑，而她的手裡，也被金建華塞了什麼東西，寧婉低頭一看，才發現是張房卡。

都這時候了，趕緊乘勝追擊了！

寧婉佯裝害羞般收下了房卡：「那……那金 Par 你以後可不能欺負我……以前我不過就是不願意跟你，你就那麼針對我，故意排擠我派我去社區，怎麼一點都不憐香惜玉啊？弄得我在社區吃了兩年苦……你是不是故意這樣讓我屈服啊？」

金建華這時候早就上頭了，他安撫地拍了拍寧婉的肩：「我那不是太喜歡妳，看不得妳不聽話嗎？讓妳去社區，也算是歷練歷練，知道外面世界的險惡……女孩子，就要聽話，乖乖的才可愛……」

雖然因為微醺，金建華說起來話來已經有些顛三倒四，但從這連續的錄音來看，寧婉算是拿到了證據，已經沒必要再和金建華虛與委蛇了。

而見到寧婉站起來離席，金建華也立刻跟著站了起來，他心裡此刻正做著和寧婉一起翻雲覆雨的美夢，色瞇瞇地看向寧婉，調侃道：「妳怎麼比我還心急……」金建華一邊這麼說著，一邊就要去拉寧婉的手。

寧婉錄音到手，已經沒必要和金建華假意周旋，正準備躲開，結果在她有所動作之前，有人先行一步擋住了金建華，直接用自己的身形遮住了金建華看向寧婉的目光，然後猛力打開了金建華伸向寧婉的手——

「你一個已婚的合夥人，離寧婉遠一點。」

是傅崢。

傅崢其實一開始並不想管這些事，因為從隔壁桌斷續的聊天內容來看，這無論如何都是一個願打一個願挨，甚至到後來，寧婉也好，金建華也好，連表面上的羞恥觀都拋棄了，公然就調起情來……

調情的內容，連一向皮糙肉厚的高遠聽了，臉上都有些掛不住：「這……雖然寧婉在社區掛職兩年可以理解她想要回總所的心，但用這種方式，實在有點不齒吧，先不說這是介入他人婚姻，就光是利用自己美色這點……唉……」他一邊講一邊偷偷打量傅崢，「有些年輕人還是不夠有耐心，其實就該等一等，本來有別的更好的機會的……」

高遠說完，其實心裡也挺唏噓，按照他的觀察，傅崢對寧婉挺不一般，背地裡多次維護，可見用心，沒想到寧婉……

如今隔壁桌不僅是情話綿綿了，從屏風後的輪廓看，金建華已經伸手摸起寧婉了……

「看來我也識人不清，金建華竟是這種人，寧婉竟也是這種人……」

出了這個插曲，別說高遠自己尷尬得不行，傅崢的情緒更顯而易見地掉進谷底了，這頓飯怎麼看都沒辦法再吃下去，高遠明智地選擇了趕緊去買單，而兩人結帳完後起身離開時，寧婉和金建華還坐在隔壁桌繼續你儂我儂……

高遠假裝什麼都不知道，在嚇人的寂靜裡跟著傅崢往外走，然而走到一半，傅崢卻突然轉了身，表情嚴肅而冷靜地往回走。

怕不是要回去當面和寧婉對峙找金建華和寧婉的麻煩？

雖說傅崢一直是個冷靜的人，但誰知道呢？男人衝動起來可很魔鬼……

高遠心裡嚇得不行，這幾個人要是吵起來，自己還不是得去充當調解人？都是朋友同事的，多尷尬！

幾乎是立刻，他也跟著轉身追在了傅崢身後：「欸，傅崢，你冷靜點！你回去幹嘛啊？人家寧婉和金建華在這裡發生的事就是私事，你別……」

只可惜傅崢身高腿長步伐也大，高遠只看見他嘴唇微啟，但因為隔了些距離，沒聽清到底說了什麼。等他快步追上，才終於聽清了傅崢的話。

他說，寧婉不是這樣的人。

即便都眼見為實了，但此刻傅崢的表情鎮定，聲音也非常自持冷靜，他似乎篤定地相信著寧婉——

「她不是這種人，她做這件事，一定有什麼內情緣由。」

這……

高遠幾乎有些憐惜傅崢了，事到如今竟然還不肯相信……

而也是此刻，傅崢回頭看了高遠一眼：「你先走，你在的話會更尷尬，事情也更複雜，寧婉這件事，我會處理好。」

雖說有些擔心傅崢，但他說的也是實話，傅崢的身分尚未公開，但高遠是正元所的大Par，要是撞見了金建華和寧婉的事，怎麼說都很難善後，高遠略微思忖了一下，覺得傅崢說得對，決定先行迴避。

「那我先走，你冷靜點。」

「嗯。」

寧婉千算萬算沒想到會在這裡遇到傅崢，此刻傅崢的聲音冷峻，明明只是正元所的實習律師，然而這一刻的氣勢卻像個威嚴的上位者，完完全全壓倒了金建華，他身形高大，此刻站在寧婉面前，遮蓋住她視線的同時，也把寧婉整個人護在了身後，有了傅崢的阻隔，寧婉終於不用再見到金建華那貪戀又噁心的目光了。

幾乎是這一刻，寧婉神奇地安心下來，此前還生怕錄音取證完畢後繼續被金建華騷擾，如今有傅崢在，又手握錄音，總算可以全身而退。

金建華果然面露不愉，他看了傅崢兩眼：「你是誰？這裡和你沒關係，我和寧婉的事你不要亂插手。」

說到這裡，金建華看向了寧婉：「寧婉，這誰？妳跟他解釋，我們的事和他有什麼關係？」

傅崢的動作顯然因為金建華的話頓了頓，他能這個時刻出現，大約就在這附近，而他言辭裡對金建華的敵視，稍加聯想，寧婉也不難得出結論，她抬頭，看向了傅崢：「剛才你坐在隔壁桌？」

傅崢抿了抿唇，沒說話。

結果金建華先笑了出來，他看向寧婉：「寧婉，這事妳說怎麼辦，我倒是挺想把妳從社區調回總所，但這說到底也看妳自己。」

既然傅崢默認了是坐在隔壁桌，以自己故意微微抬高的聲線，想必自己和金建華之間的談話也聽了八九不離十，然而即便這樣，這一刻他竟然都沒有指責自己。

明明傅崢並不清楚前因後果，這樣的對話不論如何都會產生誤會，然而傅崢根本沒有氣急敗壞地責問寧婉，他只是站在寧婉身前，像是把寧婉納入了他的保護範圍，甚至不希望金建華再看寧婉一眼。

其實這個時候他質問自己、嘲諷自己、覺得自己背叛了社區背叛了同僚，寧婉都不會生氣，之前自己和金建華的對話，讓人有這種誤會很正常，然而傅崢什麼都沒說，他只是堅定而沉默地站在了寧婉的身前。

為了這份護短，為了這份信任，為了這份力挺，寧婉都覺得自己不應該再躲在傅崢的身後，即便她此刻多看金建華一眼都噁心，但她還是從傅崢身後走了出來。

「金 Par，很多事情說明白了就沒什麼意思，但我想有些人你不把話講得直截了當，他就沒辦法懂得你的臺階和暗示。」寧婉一掃剛才的嬌羞和嫵媚，語氣冷硬而鄭重，她看向了金建華，「有些手段，現在已經行不通了。」

也是這時，寧婉才拿出了包裡的錄音筆：「所有的對話我都已經錄音留證，我會寫一份詳盡的說明，把這些證據全部提交給所裡的高級合夥人，包括你此前怎麼利用職權便利騷擾我，我都會一併提交。」

金建華完全沒料到這個發展，他還有些酒精上頭，愣了片刻才表情扭曲地反應過來：「寧婉，妳陰我？」

寧婉笑笑：「我能釣魚執法也多虧金 Par 你配合。」

事到如今，金建華也知道再糾纏無益，寧婉手裡有錄音，身邊還帶了個看起來不好惹的男人，自己既沒有強搶的成功率也沒有智鬥的可能性，金建華只能軟化下來，露出想要協商的架勢——

「我今天喝多了，可能說了點不合適的話，但一切都好商量，寧婉，妳想要什麼賠償都可以，畢竟這事確實是我有錯在先，確實是喝醉了一時糊塗……」

又來了，老手段，當初蔡珍就是栽在他的「賠償」下的。

只是寧婉剛準備開口嘲諷，金建華就先行開了口：「妳知道我的號碼，這種事我理解妳需要時間考慮，那妳先回去好好想一下，到底想要什麼樣的賠償，只要我力所能及範圍內的都可以，等妳想好了，隨時和我聯絡。」

金建華說到這裡，看了寧婉一眼：「妳是個聰明的女孩，應該知道怎麼選擇對我們彼此都有好處是不是？」

他說完，也不再等寧婉的回饋，整了整衣領，又恢復了此前道貌岸然的模樣，然後竟鎮定自若地離開了。

金建華離開了，但是傅崢並沒有，他的臉色不太好看，然後轉身看向了寧婉：「妳是為了取證？」

寧婉點了點頭，有些動容：「謝謝你啊傅崢，竟然願意挺身而出。」

金建華是正元所的中級合夥人，不論如何，這地位和能力都比傅崢這種實習律師高了不知道多少，但傅崢能第一時間站在自己身邊和金建華對抗，寧婉說不感動是假的，只是感動完了，寧婉繼而又有些想教訓傅崢了。

「雖然你站隊了我我很感謝，但你下次可別真相都沒搞清就站隊，人家金建華也是個Par，要是是我訛他，你為了這種事得罪人，就太不值得了。」一講到這裡，寧婉也有些心有餘悸，「幸好我錄音了，他應該不敢再太逾越，但我也不過就是個普通律師，你還是個實習律師，他想無傷大雅地刁難噁心我們真是分分鐘的事，我倒是習慣了，你這……我要想想辦法。」

「都這種時候了，妳能不能先擔心下妳自己？」結果自己這麼關心傅崢，傅崢這傢伙不僅沒感激涕零，反而有些沒好氣，臉也還是很黑，「這種事，妳為什麼不提前和我說？」

「和你說了幹什麼？」

傅崢像是有些頭疼地揉了揉眉心，語氣很嚴肅：「妳自己一個人過來釣魚執法妳沒想過有風險嗎？萬一金建華這人下作到直接把妳灌醉，然後把妳帶到飯店，事後妳怎麼維權？這次妳是運氣好他得意忘形上鉤了，但萬一他全程很謹慎，根本沒有讓妳取證的機會，那妳不是白來一趟，還要犧牲自己？」

自從坦白身分以來，傅崢在寧婉面前一向是乖巧安分的，甚少用這種嚴肅甚至帶了點訓斥的語氣和寧婉說話，但這一次他好像是來真的，表情難看，一點一點指出寧婉這個計畫的衝動、不成熟以及漏洞百出。

傅崢像是真的生氣了，連寧婉是他帶教律師這種身分地位差都忘記了，語氣也很重：「妳至少應該和我商量，至少應該帶著我一起，以後不要做這種蠢事。」

被傅崢這麼耳提面命，寧婉有些沒面子的同時，也有些委屈：「我不想把別人牽扯進來，你以後還要在正元所呢，我不希望你因為我得罪任何合夥人。」

「他不配當合夥人。」傅崢大概也意識到自己情緒過激，此刻語氣漸漸平緩了起來，他看向寧婉，「後續妳準備怎麼處理？」

只是還沒等寧婉回答，傅崢就搶先繼續道：「妳絕對不能和他和解談賠償，這很容易被推到敲詐勒索的坑裡去……」

傅崢說的寧婉自然知道，但見對方替自己這事這麼著急，寧婉也很感動：「放心吧，我知道。」

她想了想，把蔡珍的情況隱去姓名簡單和傅崢講了下：「我現在握著這個錄音證據，主要希望金建華能遠離這位女實習生，不要騷擾為難人家，但到底要不要向所裡檢舉，其實我有些糾結……」

傅崢有些意外：「為什麼糾結？所裡的高級合夥人不可能允許這種事發生的，一定會整頓。」

「可……所裡的高級合夥人，自己身子都站得不正……」

傅崢皺了皺眉：「什麼？」

「就、就高遠啊。」寧婉小心翼翼斟酌用詞道：「你可別忘了他，他不也是潛規則狂魔嗎？我這邊檢舉金建華，那邊高遠同行相護，怎麼可能處理他？」

「……」

自己這話下去，傅崢果然沉默了，這傻白甜，大概是忘記了高遠這回事，只是沒沉默多久，傅崢最終語氣艱難地開了口：「既然妳懷疑檢舉給高遠沒用，那試試檢舉給馬上新來的大 Par？聽說他是個剛正不阿、公正廉明，對上對下都很好，三觀很正還以身作則的男人……」

寧婉的眼睛亮了亮：「這倒是！」但隨即，她看了傅崢一眼，「大 Par 確實不錯，但你都沒接觸過，你這無腦吹捧也有點過了吧？」

傅崢的聲音有些乾巴巴的，但還是很堅持：「我覺得他肯定是這種人。」

「……」

好在傅崢很快就恢復到了平時的乖巧模樣，他跟著寧婉走了一段路：「妳當初，沒有去金建華的團隊，而是到社區來，是不是受了金建華的脅迫？」

事到如今，這些事也沒什麼好隱藏的：「是啊，金建華當初讓我去他的團隊一起做商事，結果沒想到是暗示想潛規則，我不願意，就把我『流放』到錢少事多的社區來了。」

寧婉說到這裡，抬頭看了傅崢一眼：「你不也是一樣的遭遇嗎？因為不願意被潛規則就被流放到這裡？」說到這裡，寧婉也有些感慨，「你說社區是什麼洪水猛獸嗎？怎麼一個兩個報復人都往社區下放呢？其實真的好好工作，社區鍛鍊的機會也挺多的，也沒那麼差，就是沒別的案源補充的話，真的是窮了點……」

寧婉說者無心，但傅崢卻聽者有意，此前輕易地用自己拒絕潛規則才被下放到社區這一點誤導了寧婉，傅崢為此一直覺得寧婉過分單純，竟然什麼話都能信，而直到這一刻，他才意識到，寧婉那麼輕易地相信了自己，完全是出於一種惺惺相惜的同情，因為她經歷的正是如此，而自己誤打誤撞，正巧撞到了她的共鳴感上，因此才輕而易舉地得到了她的信任。

只是如今回想起來，傅崢卻越發不好受了，自己沒有背景孤立無援的形象只是營造出來的，然而寧婉當初遭到金建華壓迫時，卻是真真切切的沒有背景、孤立無援。

「不過……要向新的大 Par 檢舉的話，怎麼措辭比較合適呢？畢竟人家還沒正式入職，我這麼大一個燙手山芋扔過去……要處理金建華吧，他肯定會得罪人，我和他畢竟也沒見過，是不是有點太冒失了……」

「我來吧。」

寧婉看向了傅崢：「嗯？」

傅崢微微笑了笑：「妳把錄音備份一份給我，我來幫妳寫信檢舉，這件事就交給我來處理好了。」

「可這樣不太好吧，畢竟……」

傅崢直接以行動說明了他的決定，他伸手抽走了寧婉手裡的錄音筆：「沒關係，我會處理好的，相信我。」

寧婉想了想，最終點了點頭。

雖然傅崢說了金建華這件事交給他來處理，但寧婉實際也沒有對結果抱有太大希望，這類職場潛規則，從來都是高高舉起輕輕放下，能給金建華一個所內批評或者扣發部分獎金，就已經是不得了的好結局了，反倒是自己這個受害者兼檢舉者，可能會冒著被人背後討論的風險，而也是這時，寧婉慶幸自己從沒有透露過另一位受害者蔡珍的資訊了。

蔡珍才是個涉世未深的年輕人，要是剛進入職場就遭遇這種事，肯定承受不了，還是自己死豬不怕開水燙來承受這些更好。

不過歷來處理這類事，即便接到檢舉，也要左調查右調查，走流程就走一兩個月，等能出結果的時候，說不定都是大半年後了。

雖然寧婉對金建華這件事倒是不太急切，但她卻有些憂慮蔡珍，金建華一天沒得到處分，這事就一天沒落定，金建華那邊又拿捏著蔡珍的把柄，誰知道他又要弄出什麼事來？何況蔡珍根本等不了大半年，她被金建華這事嚇到了，恐怕等金建華處分下來，蔡珍也早就離開容市真的回老家就職，人生道路和未來完全被金建華破壞了……

難怪都說，遲來的正義非正義。

自己和蔡珍明明是受害者，然而在維權的路上反而更被動。

只是出乎寧婉的預料，原本以為要大半年才有結果的事，最終竟然在三天後就有了定論——金建華辭職了。

幾乎是消息剛出來，邵麗麗就跑來和寧婉八卦了：「寧寧，妳聽說了嗎？金 Par 突然辭職了！」

此刻社區辦公室裡，除了寧婉外，陳爍和傅崢也都在，陳爍不知內情，對這個消息顯得十分震驚：「為什麼突然辭職？他的業務不是挺穩定的嗎？今年聽說還有收入新高呢，可能不久就能升高級合夥人了，怎麼這個時候突然辭職了？」

邵麗麗壓低了聲音：「對外說是自己辭職了，但實際上我聽說是引咎辭職。」

「什麼咎？」陳爍非常意外，「是什麼案子辦壞了被客戶投訴了？可被投訴一次也不至於啊……」

「聽說是性騷擾，檢舉者自帶了證據錄音，挺完備的，而且深查了一下，還不是第一次做這事，幾個高級合夥人收到投訴後非常重視，連夜找了好幾個曾經跟著他團隊，但莫名其妙突然離職的女實習生求證調查，結果你們猜怎麼樣？竟然其中一大半證實曾被金 Par 不同程度的騷擾過！其中也有些實習生手裡有一些證據，索性一併收集了。」

邵麗麗說到這裡，喝了口水順了順嗓子：「總之，不挖不知道，一挖嚇一跳，我也從沒想過他是這種人……」

「檢舉的是誰啊？」

面對陳爍的問題，邵麗麗搖了搖頭：「不知道，所裡為了這事，據說連夜起草了相關的職場防性騷擾手冊，完善了一些內部檢舉和處理流程，明確說必須保護好受害人或者檢舉人的個人隱私，所以至今都不知道是哪個勇士檢舉的，但是，這人做得好！為民除害了！」

邵麗麗很義憤填膺：「我能知道這事，單純是因為和我關係很好的那個實習生蔡珍也接到調查求證邀請了，我才知道，原來金建華還騷擾過她！她之前突然不想和正元所簽約恨不得立刻逃出容市，原來都是因為金建華這個人渣！氣死我了！之前人家小女生都害怕得不敢說出來，現在金建華被查處了，她才和我坦白這事，也願意站出來公開指認。」

「幸好這事這時候有人檢舉處理了，不然蔡珍都嚇得不敢留在容市了，差一點就拒絕入職正元所的機會了，現在小女生可高興了，也不打算回老家了，而且因為我們所裡這波處理，她現在對正元所印象好得不行，覺得真正秉持了法律的公平正義，不管怎麼說都要在這幹下去。」

「只是可惜了之前那麼多被金建華騷擾不得不離職的女實習生，不然我們所發展還能更好呢！都怪金建華那衣冠禽獸，害得損失好多人才！」

邵麗麗罵了半天金建華，又突然想起什麼似的看向寧婉：「幸好啊寧寧，妳當初沒同意進他團隊，妳這眼光倒是狠準穩，幸好沒去，去了還不知道他是不是要把黑手伸到妳身上呢！」

事了拂衣去深藏功與名，何況這種檢舉，容易被人在背後討論，寧婉也不想有姓名，她打哈哈地笑笑：「就當時鬼迷心竅沒選，嫌棄金建華是個中級合夥人，一直想著自己還是要努力進個高級合夥人的團隊，不過拒絕以後其實一度也後悔過，但妳現在這麼一說，我就不後悔了，因禍得福因禍得福……」

寧婉說完，感激地看了傅崢一眼，雖然錄製音訊的是她，但走完檢舉流程，還能讓高級合夥人這麼快行動，這份功勞可都是傅崢的，也不知道他到底用了怎樣的遣詞造句，以至於所裡這麼重視，甚至為此制定了未來防止性騷擾的手冊。

不過還有一件事寧婉倒也挺好奇：「對了麗麗，這件事是哪個高級合夥人處理的？」

結果不說還好，一說起這個，邵麗麗臉上立刻泛起了崇拜的目光：「是那位馬上要加入我們所的新 Par，天啊，簡直是正義男神，人還沒來呢，處理犯錯的中級合夥人就這麼雷厲風行，一點不會因為人家收入不錯就手軟……」

寧婉愣了愣，雖然傅崢確實是向這位新來的大 Par 檢舉的，但寧婉沒想到是人家親手處理的，她原本以為對方即便過問，也會採用更為圓滑的方式，比如號稱自己還未正式入職，對所裡的情況不熟悉，然後把這些檢舉資料轉交給其餘高級合夥人，畢竟這是最不得罪人的方法，因為據寧婉所知，雖然金建華人品不行，收入是可以的。

陳爍聽到這裡，果然也皺了皺眉：「可金建華也都快能升高級合夥人了，收入也不錯，別的高級合夥人就這麼讓這個新大 Par 把人處理了？這聽起來不太符合邏輯吧，雖說金建華做這種事不占理，可其餘高級合夥人那麼人精的人，能這麼正義？」

陳爍的疑問也很合理，歷來當了總所的高級合夥人，要考慮的可不是簡單正義對錯的事了，還要兼顧所裡的收入、業務以及團隊管理，金建華這事吧，可大可小，其實完全可以採用更溫和的處理方式，而不是直接把人開除，畢竟金建華也是多年資深律師，人一走，他手下的客戶案源也就都帶走了，對正元所今年的收入將是一個挺大的打擊。

結果邵麗麗更眉飛色舞了：「當然了，我們所裡那些高級合夥人各個都是老狐狸奸商，能這麼乾脆俐落同意把金建華開除，那是因為新來的大 Par 收入完全是金建華的十幾倍！據說是這位大 Par 接到了檢舉很堅持要處理金建華，別的高級合夥人當然站他那啊，誰賺錢誰是爸爸！畢竟我聽說，這大 Par 的收入，能頂上我們半個所！」

「你們知道最誇張的是什麼嗎？聽說這個大 Par 入所時想嘗試開拓新的民事業務領域，為了處理金建華這件事，人家讓步說以後也多接商事領域，兩者平衡，以確保商事領域收入額。」

「為了這一件事，人家甚至把自己的職業規劃都重新修整了，你們說說這種業界良心，放眼我們整個法律圈，還能有幾個啊？而且人家不僅良心，也不窮，實力證明了一個律師踏踏實實不搞事也能走上人生巔峰！」邵麗麗說到這裡，略微壓低了聲音，「人家的收入，隨隨便便破億。」

這下寧婉眼睛也直了：「這麼多！」

邵麗麗點了點頭：「對！所以寧寧，妳加把油，加入這個大 Par 的團隊，妳以後就能飛黃騰達了！！！據說為了公平起見，會有筆試和面試，先過筆試的，大 Par 才會面談。」

寧婉一聽，當即心馳神往了，她推了推身邊的傅崢：「大 Par 這麼好，我們一定要努力了！」

在金建華這件事上，雖說傅崢檢舉有功，可是能明察秋毫、果斷處理、絲毫不偏頗中級合夥人的大 Par，起了至關重要的作用，寧婉想起平時郵件來往中大 Par 事無巨細的指點，還有平易近人的語氣，內心的崇拜不由得更多了點。

等邵麗麗走了以後，寧婉偷偷私下感激了傅崢，繼而便不可避免地陷入了對大 Par 的鼓吹讚美中，有事沒事都要夾帶私心地吹捧對方兩句。

結果午休的時候，傅崢第一個忍不住了，他咳了咳：「雖然大 Par 是不錯，但妳也不用張口閉口都是他吧，畢竟妳連他的面都沒見過，和虛擬網友也差不多，還是應該多關注關注妳身邊的人吧……」

前幾天無腦吹捧大 Par 的人不就是他嗎？

如今這話說得酸溜溜的，寧婉很快就聽出了傅崢的話外之音，這恐怕是吃味了。

寧婉誠懇地反省了一下，覺得自己確實不能這麼厚此薄彼，雖然大 Par 起了決定性作用，但沒有傅崢的挺身而出和一番陳詞，金建華的事又如何能處理得如此之快？

只是寧婉還沒來得及誇讚傅崢，陳爍就打斷了她，這次他和傅崢的意見竟出奇一致：「傅律師說得很有道理，學姐，這大 Par 處理這件事的方式雖然很得人心，但本人也未必多好相處，妳不要對他有太多濾鏡了，這大 Par 有可能就是那種心狠手辣派的，對金建華的事情處理嚴格，但平時對團隊的人也挺嚴苛的……」

可陳爍還沒說完，剛才也在cue大Par的傅崢就倒戈了，他皺眉看了陳爍一眼：「當高級合夥人就應該嚴格，何況嚴格某種程度上代表的是有秩序講規則，這怎麼算是缺點了？你要是安分守己好好工作不弄什麼邪魔外道，人家再心狠手辣也心狠手辣不到你頭上。」

陳爍顯然對傅崢的中途變卦有些不明所以，他瞪了傅崢一眼，然後清了清嗓子，看向了寧婉：「當然了，大Par嚴格點沒錯，嚴師出高徒嘛，但就是想提醒下學姐妳還是要多個心眼，大Par再好，和我們階級也不同，他是老闆，我們是員工，有時候很多立場和看問題的角度還是不太一樣，所以也不要太過依賴和信任了。」

陳爍這話倒是挺在理，寧婉剛準備點頭，傅崢又開了口：「老闆也是人，人的同理心都有，也不至於是老闆就變成階級敵人不可信任了。」

陳爍挑了挑眉看向傅崢：「傅律師這話說的，你不是老闆，怎麼能理解老闆的心啊？」

傅崢抿了抿唇，看起來有些不甘心的樣子，但最終沒再開口了。

寧婉趕緊幫兩個人都倒了杯茶，徹底堵上他們的嘴。

陳爍最近其實有些心神不寧，明明自己只要一有空就待在社區辦公室裡，正常來說離寧婉更近了，每天接觸的機會也更多了，可他總有一種錯覺，彷彿自己離寧婉反而越來越遠了。

以往自己還沒調來社區時，寧婉倒是常常有事沒事就找自己吐槽，社區的奇葩案子、八卦，還有一些疑難案例的分析甚至是當天對什麼新聞有感而發，可如今自己來了社區，寧婉身邊竟然有了個傅崢，有事沒事，她好像很習慣和傅崢討論這些，一來二去自己反而變成了個插不上話的局外人。

陳爍默默陪在寧婉身邊也挺久了，本來上次就計畫表白，結果還被傅崢打斷了，此後他一直在觀察和等待合適的機會再次出現。然而如今他想了想，覺得不能再這樣下去了，合適的機會永遠等不到，還不如快刀斬亂麻，趁勢趕緊表白，至少讓寧婉意識到自己的心意，即便沒馬上接受自己，還可以循序漸進溫水煮青蛙。

陳爍對自己有信心，對寧婉有耐心，何況按照之前說好的，未來案子都是自己和傅崢輪流，上個家暴案是傅崢參與，那下個案子，自己就可以和寧婉兩人世界了。

一想到這個，陳爍一瞬間又充滿動力了，他內心期待著趕緊有個特別疑難又複雜的社區案子上門，讓他能和寧婉共同辦案的時間越多越好。

只是很多時候總是事與願違，此前諮詢也好糾紛也好都很飽和，這段時間卻彷彿進入了淡季，坐等右等，別說上門諮詢，就是連通電話都幾乎沒有……

但沒電話也沒事，陳爍想了想，自己正好趁這段閒置時間，好好計畫下怎麼表白，畢竟要表白，自然需要一個浪漫的形式。

最後，陳爍在網路上查了半天，又思來想去，終於確定好了方案——社區辦公室所在的地方正好能望到悅瀾社區五區裡的兩棟高樓，最近天黑得早，等華燈初上臨近下班時，試問如果寧婉站在窗口，而對面高樓每家的燈火，正好拼湊出一個愛心以及陳爍和寧婉名字的縮寫，這豈不是非常特別和含蓄？

說幹就幹，正好社區最近需要分發普及法律傳單，陳爍自告奮勇包攬了這項工作，帶著傳單就往悅瀾五區那兩棟高樓走。

他已經簡單記下了如果要那樣表白，需要哪幾戶人家開燈，哪幾戶不開燈，此刻正好一邊走訪分發傳單，一邊和對方溝通下開關燈的事，為了達成目的，陳爍特地去買了一批小禮物，決定上門時一家家贈送。

此刻的陳爍對未來一片希冀，心裡想著「發放完傳單就能表白」，根本沒想到有些事千萬不能立 flag，一旦說了諸如「上完這次戰場我就回家結婚」或者「幹了這個我就金盆洗手」此類的話，不出所料，就是要領便當了……

他高高興興地趕到了兩棟高樓的樓下，正準備往裡走，不幸就在這時發生了——

毫無徵兆的，陳爍正好好地走在路上，突然天降龐然大物，他心裡想著表白，等意識到頭頂有黑影的時候根本躲閃不及，當即就被重擊，劇痛的同時頭暈目眩雙眼發黑，一百八十的個子，也被這飛來橫禍砸得癱倒在了地上……

第十五章　推薦傅崢給大Par

這兩天社區事情不多，傅崢也沒什麼可忙的，倒是高遠因為處理金建華一事還打了通電話給他。

等躲到辦公室外面和高遠就這件事的處理口徑商量統一好，高遠倒是問起了傅崢什麼時候回總所正式入駐。

「再等等吧。」傅崢想了想，「在此之前我會先和寧婉坦白，處理好社區遺留的工作。」

他說到這裡，補充道：「不過我走以後，記得把陳爍也調回總所。」

高遠有些愣神：『什麼？』

「總所現在少了金建華團隊的收入，得讓別的團隊加把勁補足這部分收入流失吧，不是你一直誇陳爍能力不錯也很可靠嗎？那總所不能少了這一員大將，把他調回去。」傅崢臉不紅心不跳繼續道：「何況社區這塊，之前的輪班一直沒正式落定，現在也是時候換人來輪班了。」

電話那頭，高遠露出了然的嘿嘿嘿：『你別以為我不知道你什麼用心。不過你就看人家陳爍這麼礙眼？』

「我是公事公辦。」傅崢抿了抿唇，「沒什麼事的話掛了。」

不過很多事，說者無心聽者有意，仔細想想高遠的話，也沒錯，傅崢最近看陳爍是不太順眼。

每次自己和寧婉聊天呢，陳爍總是要插進來打斷，不是搶自己話題，就是把寧婉的注意力完全引到別的事上，彷彿自己和寧婉之間的任何事，他都恨不得來摻和一下。

傅崢平心靜氣地想，是時候想個辦法把他支走了。

確實有點礙眼。

只是傅崢沒想到，十分鐘後，自己隨便瞎想的事，竟然成真了，雖然這方式太慘烈了——

他掛了高遠電話沒多久，剛回了辦公室，結果季主任就突然跑了進來，滿臉都是慌張——

「寧婉！傅崢！出大事了！」

寧婉一開始表情還挺平靜，還倒了水給季主任安撫：「你慢慢說，又是什麼大事啊？別一驚一乍的，我不經嚇。」

季主任跑得都快上氣不接下氣，聲音都顫抖了：「這次是真的出大事了！小陳、小陳他被砸了！！！」

這話下去，連傅崢都愣了愣。

寧婉直接被嚇了一跳：「什麼跟什麼？陳爍被砸了？這怎麼回事？他不是上門去發普及法律傳單了嗎？這是和哪戶出了爭執啊？怎麼一言不合就砸人呢？」

「不是不是！」季主任滿臉菜色，「要真是那麼砸了還是小事！小陳他是被砸了！高空墜物！就那兩棟高樓，也不知道怎麼的，就突然掉下來了什麼東西，小陳正好走在下面，沒來得及躲避，一下子被砸成重傷了！現在人還躺在地上呢，救護車叫了還沒到！」

高空墜物把陳爍砸成了重傷？？？

寧婉這下慌了：「人怎麼樣了？在哪快帶我去！」

傅崢也跟著起了身，他看向了寧婉：「我跟妳一起去，萬一等等要把陳爍搬到擔架上需要幫忙之類的，我還能出點力。」

寧婉聽聞這個噩耗，此刻看起來已經有些六神無主了，當即點了點頭，抓了傅崢的手就跟著季主任往陳爍出事的地方趕。

寧婉臉色焦急，傅崢也挺意外，雖說內心確實覺得陳爍礙眼，但他發生這種事，傅崢也是不希望的。

即便是一個雞蛋重的物體，一旦從高空墜下，那殺傷力和危害也是非常大的，要是砸中腦袋，幾乎是致命的，一樁樁的案件背後都是一個個血淋淋或傷或亡的人。

一思及此，傅崢的心情也不得不沉重起來，從工作態度而言，陳爍確實算得上認真積極，也年輕，未來是可塑之才，怎麼出了這種意外。

好在季主任的話稍微讓傅崢和寧婉的心定下了點，他解釋道：「具體情況怎樣我還不知道，肯定要等去了醫院給醫生診斷，但是我在現場見過小陳了，人沒事，不幸中的萬幸，沒砸到腦袋，至少應該可以保證生命安全了，和他講了幾句話邏輯也很清晰，只說疼，手肯定是骨折了，說胸口也疼得不行，但胸那塊哪斷了還不好說……」

一聽陳爍性命無虞，寧婉和傅崢總算是鬆了口氣，但繼而，寧婉又忍不住擔心起來：「可別傷了脊椎……」

脊椎腰椎這些特別敏感，萬一受傷得不巧，說不定下半輩子都截癱了……

這都什麼跟什麼事啊！寧婉心裡自責得不行，自己今天要是勸阻陳爍不讓他去分發普及法律傳單就好了！

等寧婉一行趕到現場時，救護車已經趕到，專業的醫護人員已經把陳爍抬上擔架就要往醫院送，寧婉親眼見了陳爍的情況，稍稍放下心來，醫護人員現場簡單檢查後至少可以得知，陳爍的腿沒事，腰部以下也都還有知覺，不至於癱瘓，總算是不幸中的萬幸。

此刻的陳爍意識清晰，但疼得整張臉都扭在了一起，竟然還掙扎著想從擔架上起來：「學姐……」

「你快別說話了，趕緊去醫院吧。」寧婉當機立斷安撫了下陳爍的情緒，「你放心吧，這事不會這麼算了，季主任已經報警了，我自己就是做律師的，該幫你維權一定要維權，你先安心養傷。」

只是等陳爍一走，寧婉剛才在陳爍面前硬撐起的淡定就瓦解了，一下子皺起了眉。

警察此刻已經拉起了警戒線，既然是高空墜物，那就必須先找到墜落後砸傷陳爍的「凶器」，只是找了一圈，方圓幾里內竟然都沒找到，確定不了凶器，就無從排查這凶器從何而來，更無法確定侵權責任方，如此一來二去，陳爍豈不是白白被砸？

傅崢也臉色凝重：「能調取監視器嗎？」

負責來現場取證的警察搖了搖頭：「這片沒有監視器，就在那個路口平時人流多的地方才有監視器，但那個鏡頭的拍攝範圍沒辦法覆蓋這塊。」

雖然警察也強調了會死馬當活馬醫，也查看下那個鏡頭的錄影情況，但寧婉也觀察了下鏡頭的位置，知道警察沒有騙人，查看那個監視器，確實是聊勝於無的安慰罷了。

傅崢想了想：「不如直接問問陳爍，他被砸以後只是受傷倒地，應該沒失去過意識，說不定能知道砸自己的到底是什麼的。」

寧婉覺得說得在理，等陳爍下午出了手術室，寧婉便和傅崢一起買了鮮花果籃趕了過去。

唯一讓人安慰的是，陳爍確實沒有受嚴重的不可逆的傷，除了手臂骨折外，他的肋骨還斷了三根，需要靜臥休息。

「學姐，妳來啦？」雖然遭此飛來橫禍又剛從手術室出來，陳爍整個人有些疲憊，但整體精神狀態還不錯，一見寧婉走進病房，就很開心的樣子。

不過他的情緒在等傅崢也跟著寧婉走進病房後很快就平靜了下來。

寧婉問了問他的情況，又關照了幾句，才想起了正事：「對了陳爍，你看清當時高空砸傷你的是什麼東西嗎？我們現場沒發現有什麼可疑的，這真是奇了怪了。」

「沒、我沒看清……」一說起這話題，陳爍低下了頭避開了寧婉的目光，看起來有些不想回憶的模樣，明顯想迴避這個話題，「當時事情發生得太快了，我沒注意到……」

寧婉內心嘆了口氣，這下事情看起來進入死胡同了，相當不妙。

要是能找到高空墜下的物品，即便不知道到底是哪一戶扔的，但陳爍是站在那兩棟高樓下被砸的，這兩棟高樓旁沒有別的高樓，因此這侵權人至少肯定是這兩棟中的一戶。

那麼根據侵權法，除非這棟樓的住戶裡有明確能排除自己侵權責任的，諸如，當天不在家之類理由的，別的無法自證自己不可能是侵權人的，就要共同承擔侵權賠償——陳爍醫藥費、誤工費之類的一共花了多少，就可以由這部分住戶共同分攤。

法律這麼規定意在最大程度上保護受害人，畢竟高空墜物危害大，一枚小小的麻將牌，從高空墜下的威力甚至能奪人性命，本著救助受害人的立場，至少這種侵權賠償的認定方式，能讓受害人有錢治療，而共同分攤了賠償的住戶，在事後如果知道了到底是哪戶侵權後，還是可以向那位真正的侵權人追償。

等告別陳爍走出了他的病房，寧婉還有些愁眉苦臉：「現在不知道到底是什麼砸的，連個物證都沒有，更別提找這兩棟樓的住戶賠錢了……陳爍這傢伙也真是粗神經，都成這樣了，竟然還勸我算了，這是能算了的事嗎？」

「就算我不為陳爍考慮，也要為社區其餘住戶考慮下，這種隨手就能往窗外扔東西的人，素質差成了習慣，要是沒受到制裁沒有金錢的損失賠償，根本不會長記性，說不定下次還往外面扔，那受害人還可能增加。新的受害人，說不定沒有陳爍這麼幸運，很可能癱瘓或者死亡的……」

傅崢抿了抿唇，倒是提出了一個猜想：「妳說陳爍會不會沒有說真話？」

寧婉愣了愣。

傅崢繼續道：「在我看來，陳爍的性格並不是那種會息事寧人的，相反，接觸下來，我覺得他還是個比較較真的人。平常人或許會因為不懂法律覺得走法律流程維權繁瑣而放棄，但陳爍本身就是律師，應該不存在這點顧慮，也絕對不是會自認倒楣的人，妳剛才問他的時候，他的眼神躲閃，也不知道是不是我多心，總覺得他像是知道什麼，但礙於什麼原因不方便說。」

寧婉本來覺得陳爍的態度有點違和，但自己沒多想，如今傅崢這麼一分析，倒是覺得確有其事。

可陳爍是受害者，有什麼好隱瞞的呢？

寧婉想了一路，直到和傅崢告別打算去一趟總所拿一個案子資料，在地鐵上還在想。去總所寧婉只能坐一號線，這條路線是不分時段的擁擠，她也只能站著，身邊圍滿了人。因為毫無安全的社交距離可言，雖然寧婉不想，但是這麼近的距離下，自己不論怎麼看，視線都很容易落到身邊人們舉著的手機螢幕上，有在聊天的，在打遊戲的，也有在看劇的，還有幾個大學生正湊在一起，不知道看什麼有趣的文章，也不顧車廂裡的環境，哈哈哈大笑著討論——

「我的天啊，這什麼鬼，天降大狗，這是空中飛狗嗎？」

「不知道啊，這狗從這麼高的樓上掉下來，你截圖放大了看這狗的表情，感覺滿臉寫著懷疑人生……」

「這狗自己跳樓的？這麼高摔下去會不會死啊？你們還笑，這狗好可憐啊。」

「是不是自己跳樓的不知道，但反正投稿的原 PO 說狗應該沒事，因為這就是她自己的社區，她那時候在陽臺上晒衣服，看到對面天降大狗，好奇就拍了影片，一開始也擔心狗會不會死，不過後面說之後在社區散步又看到這隻狗了，應該沒事。」

幾個人一番驚嘆：「這狗也太厲害了，以前只聽說貓從高樓摔下也不會有事，沒想到狗也這麼厲害？」

車廂裡既擁擠還悶熱，寧婉被擠得頭暈目眩，聽著身邊這幾個人聒噪的討論，簡直感覺快要窒息……

「這是什麼社區啊？這麼神奇？」

「投稿的原 PO 說是悅瀾？就快樂小悅城那邊的社區吧……」

寧婉本來是因為擠地鐵被迫接受的資訊，算是一隻耳朵進一隻耳朵出，然而當捕捉到

「悅瀾」兩個字的時候，她突然就精神了。

等等。

悅瀾社區，天降大狗，狗從高樓摔下來，還沒事？

而陳爍被高空墜物砸了，可現場卻沒有找到任何「凶器」？

如果這麼聯想，怎麼覺得有些巧合得過分了？會不會砸了陳爍的，就是這隻狗？畢竟狗從高空摔下，正常情況可是絕對不能存活的，除非找到了墊背當緩衝……而狗要是有了墊背而沒怎麼受傷，畢竟是活物，自然是一下地就跑了，也不可能再見到這隻狗……

寧婉這下沒辦法淡定了，她立刻掏出手機，按照天降大狗作為關鍵字搜尋，果然沒多久就找到了身邊幾個年輕人討論著的文章，這是一個獲認證的行銷帳號「身邊奇葩事」PO出的讀者奇葩投稿，寧婉看了投稿時間一眼，心裡咯噔一下——這時間，和陳爍被砸的當天一致，而從影片裡那棟建築物的外形來看，也和陳爍事發的那兩棟大樓外觀是一致的，寧婉熟悉悅瀾社區，幾乎一眼認出了確實就在悅瀾。

寧婉從頭到尾播放了影片，拍攝的人顯然沒拍到開頭，影片開始時，狗已經在半空中了，正在高速往下墜，而對方本身大約也是意外拍到這一段，這位拍攝者顯然本來是想跟拍狗落地後的情況，但礙於樓下正好有一片綠化樹木遮擋了視線，正好拍不到狗最後的行蹤。

沒想到社區裡雖然沒有監視錄影拍下陳爍受害的過程，但意外有對面大樓裡的住戶拍下了這一小段影片，寧婉當機立斷聯絡了這位投稿的原 PO，說明了來龍去脈，希望能和對方取得聯絡，得到對方拍攝的影片原件並且就高空墜狗這事的細節再溝通下。

大約也是寧婉好運，她的訊息很快得到了秒回，對方挺友善，直言下午下班回家後可以見面，於是寧婉趕緊回總所拿了資料，就趕回社區辦公室把這個消息和影片都告訴了傅崢。

「走，我們趁現在先找陳爍確認下。」

可傅崢卻制止了寧婉的行動：「妳別去了，我去吧。」

「啊？」

傅崢抿了抿唇：「妳去的話，就算拿著影片，陳爍也不會承認的，我去，他才會願意溝通說出實話。」

寧婉是真實困惑了：「為什麼啊？」

自己和陳爍認識這麼多年，難道交情還比不上結識沒多久的傅崢？在自己面前，陳爍有什麼不能說的？到底是有什麼難言之隱？畢竟被一隻狗砸的話，又不像是小麻將牌這類，是很好識別的，更別說這隻狗砸中陳爍當墊背後還毫髮無傷大搖大擺走了……

傅崢笑笑：「妳不用知道為什麼。」

傅崢走進病房的時候，陳爍正沉著臉，他斷了肋骨，呼吸都變成了一種無法言說的痛，賴以使用的右手又骨折了，以至於連吃飯都只能磕磕巴巴用左手，整個人狼狽極了。

自己被高空墜物砸傷以來，身體上的痛倒是沒什麼，更重要的是心理上的打擊。本來計畫得好好的可以表白了，結果住戶都沒拜訪，不僅沒能成功，自己反而還這樣了……

雖說因為自己受傷，寧婉也來看望了自己好幾次，噓寒問暖的，是真心實意為自己著急和不忍，但每次她來，傅崢還陰魂不散如影隨行，因此自己連和寧婉說幾句體己話都沒辦法，相處的時間看起來也不少，但實際有效的兩人世界時間等同於零。

讓陳爍更加失落的是，自己如今這個形象，像個殘障似的，不僅不帥氣，還得臥床，這儀容穿著上，自然也沒平時講究了，自己在這穿著病人服，那頭傅崢西裝革履英俊挺拔，一對比，自己簡直顯得寒酸，而最慘的莫過於此前自己被砸後，寧婉和傅崢第一時間趕到，都清清楚楚見證了自己此生最狼狽最無奈最沒有形象的一刻。

因此陳爍覺得在自己喜歡的人面前丟盡了臉，畢竟誰也不希望被自己心儀的女生看到自己落難狼狽糟心的一面。

只是雖然被高空墜物砸傷已經夠倒楣了，但令陳爍更難以啟齒的其實是——他被狗砸了！！！一隻狗！！！自己被砸斷了骨頭，狗卻沒事！！！

按照這邏輯一想，自己簡直連狗也不如……

而眼下，傅崢一個人推門進了自己病房，然後拉開椅子坐了下來，開門見山直接對準他的弱點重拳出擊道：「陳爍，你是被狗砸了吧。」

「……」

雖然聽起來像是問句，但傅崢的語氣完全是陳述句。顯然，他已經知道了。

瞞得了一時，瞞不住一世，傅崢知道，那寧婉自然也知道了，但好在寧婉沒出現，就傅崢單獨來詢問的話，算是顧及到了他的自尊——畢竟被狗砸，聽起來好像比被什麼菸灰缸砸到還更悲慘一點。

自知大勢已去，陳爍也不隱瞞了，他眼神看向窗臺：「你既然知道了，來問我不是多此一舉嗎？」

「有些細節還是需要和受害人本人確認下的。」

傅崢笑笑，沒理會陳爍的抗拒，原本陳爍每天在自己眼前晃的時候，傅崢確實覺得他有點礙眼，但如今出了這種事，傅崢心裡對陳爍的微妙敵意一下子就沒了，心態明顯平和了下來，也不知道怎麼回事，即便和陳爍兩個人單獨相處，竟然覺得他很順眼，內心甚至充滿了前輩對後輩的關懷和對他此次不幸的同情，畢竟傷筋動骨一百天，大概得有三個月見不到陳爍了，雖然傅崢一點也不會想他，但也願意表現一些同事之間的和諧友愛。

「你是受害者，我們又是同事，不存在什麼尷尬和沒面子的事，你本身是最無辜的，所以其實一開始也沒必要瞞著我們，既然出了這種事，我會幫你維權的。」

只是傅崢這番誠心的說辭，並沒有引來陳爍的好態度，顯然，感情這種東西無法雙向同步，陳爍對傅崢的敵意不僅沒消散，反而肉眼可見般濃烈了許多：「你心裡挺幸災樂禍吧？我一下子受傷只能住院了。」

傅崢沒理會陳爍的陰陽怪氣：「如果你不想讓寧婉來直接問你關於被狗砸這件事的細節的話，你最好配合我一點。」

這話下去，陳爍雖然瞪著眼，但顯然聽進去了。他自然不想寧婉來，被狗砸這麼沒面子丟臉的事，他可做不到在自己喜歡的人面前詳細敘述過程。

寧婉這次讓傅崢來，也明顯是了解自己，顧及到了自己的情緒，陳爍心裡對寧婉這份貼心既感動又酸澀，只恨自己太倒楣，是什麼樣的運氣走在路上竟然能被從天而降的大狗砸了？

但事到如今，陳爍也知道自己該配合傅崢，他移開了目光，聲音乾巴巴道：「我那天就走在樓下，被砸到也真的是意外，一開始那狗砸下來的時候我其實都沒意識到是狗，一切都太快了，就突然被砸倒了，除了疼沒別的感受，也是過了一下才意識到砸了自己的是隻狗。」

陳爍憋著心裡的鬱悶繼續回憶道：「那狗大概也是嚇愣了，從那麼高的地方摔下來，雖然有我當墊背應該是沒怎麼受傷，但這樣撞下來到底也有衝擊力，我倒地後其實這狗還趴在我身上一動不動呆滯了好久，不過幾分鐘後牠就緩過來了，然後就大搖大擺直接走了……」

雖然傅崢並不在現場，但光聽陳爍描述，就覺得場景已經歷歷在目了——陳爍骨折受傷躺在地上，狗卻壓完驚就揮了揮尾巴不帶走一片雲彩，直接開開心心走了……

這悲慘而充滿畫面感的遭遇，再配上陳爍慘澹的表情懊喪的語氣，讓傅崢恍惚覺得陳爍像是被渣男始亂終棄，哄騙著墮胎結果造成終身殘障的女子，而那隻狗就是把他致殘後殘忍拋棄的渣男，陳爍人還在手術臺上呢，渣男狗連墮胎錢都沒付就乾脆地跑了……

陳爍講起這隻狗，顯然也非常氣憤：「這狗肯定不是流浪狗，我看過了，脖子上有個銘牌，繫了個紅色蝴蝶結，毛色也挺好，一看就是精心養護的寵物狗，品種的話倒不是什麼名貴的，看起來像黃金獵犬和什麼的混種。」

反正寧婉也都知道他被狗砸了，既然如此，陳爍確實也覺得這事得替自己維個權：「可惜我沒拍到狗的照片，沒什麼證據，不然去對比下這狗是那兩棟大樓裡哪戶的，就能確定侵權責任了。」

寵物侵權，一旦寵物的飼養人沒有盡到管理職責，需要賠償造成的侵權損失，如今這一隻狗不好好牽繩結果在社區亂晃蕩不說，還從樓上跳下來砸傷了人，不論從寵物侵權的角度還是高空墜物侵權的角度，狗主人不就應該賠償嗎？

「你放心，有對面樓層的住戶正好拍到了影片，放大一下截圖大致可以看清狗的模樣，你好好養傷，我和寧婉會去排查，爭取早日給你個交代。」

傅崢這話，表面聽起來是挺上道的，可陳爍心裡不是滋味，本來按照輪流辦案的順序，下個案子本該是他和寧婉兩人世界的，結果如今自己不幸成了這個「案子」，不僅只能躺在病床上看著傅崢和寧婉出雙入對，傅崢這意思，說要給自己個交代，怎麼聽起來這麼刺耳這麼像讓自己趕緊含笑九泉呢？

寧婉只以為陳爍是好面子才隱瞞，根本不知道對方這些彎彎繞繞的心思，等傅崢和她大致講了下和陳爍的溝通細節，她也跟傅崢同步了下自己的工作成果——剛才兩人兵分兩路，傅崢去找陳爍，寧婉就去找了那位拍下影片的住戶。

「我拿到原始影片了，截了幾張狗比較清晰的照片，也都彩色影印了，確實有陳爍說的蝴蝶結和銘牌，可惜角度和距離問題，銘牌上寫了什麼實在是看不清，不過這隻混種狗長得挺有特色，應該挺好認的，大樓養狗的人本來也不多，要不然我們就去那兩棟大樓那邊問問，看看這是誰家的狗？」

傅崢點了點頭：「好。」

天降大狗砸傷行人這種事，本身就夠稀罕，別說社群投稿後立刻上了熱門，這社區裡這麼多老阿姨，陳爍的事蹟很快也會傳開，到那時候，如果狗主人把狗藏起來或者處理掉然後死不承認，就不好維權了。

「這位阿姨，請問您見過這隻狗嗎？知道這隻狗是你們大樓裡哪位鄰居家的嗎？」

「小朋友，見過這隻狗嗎？」

寧婉和傅崢分了工，兩人分開敲起了這兩棟大樓住戶的門，結果來來回回把能調查走訪的人都詢問了一遍，得到的答案竟然都很一致——

「沒啊，我們這大樓裡，沒人養這麼大的狗，就十六樓有個年輕女孩養了隻小泰迪，很凶的。」

「真的沒見過。」

「沒在意過，反正我家沒養狗，我狗毛過敏。」

因為這種實地走訪無效，寧婉不得不找季主任調取了兩棟大樓電梯裡的監視器，要是誰家養了狗，每天必然要遛狗，那電梯裡自然能拍下來。

只是很可惜……

「這兩棟大樓裡一共四部電梯，但是其中一部電梯之前因為有家住戶裝修，搬裝修的隔板時不小心把鏡頭碰撞壞了，還沒修好，另外三部電梯的監視器畫面都保留半個月，派出所那邊已經排查過了，我也大致掃過了，裡面真的沒這隻狗。」

說到這裡，季主任頓了頓，才繼續道：「雖然還有一部電梯裡的監視器遺失了，但既然你們都在大樓裡問了一圈，這兩棟大樓裡卻沒有一個住戶對這隻狗有印象，或許這隻狗就不是這棟的？畢竟除了電梯外，也有安全樓梯，這狗也可能是從安全樓梯上去的？」

寧婉沉吟了片刻，覺得季主任說得有道理：「那我多彩色影印些照片，我們在社區裡分發張貼下，看看有沒有人有線索！」

說幹就幹，寧婉雷厲風行地彩色影印了照片，和傅崢季主任三個人在社區開始張貼。

也是踏破鐵鞋無覓處得來全不費工夫，寧婉這邊正和傅崢在悅瀾社區的東邊貼照片，倒是遇到個熟人。

「小寧啊，幹什麼呢？」在寧婉身後探頭探腦的，不是肖阿姨是誰。

此刻寧婉眼前的肖美阿姨風采依舊，真真是人不在江湖，江湖卻到處是她的傳說，上次寧婉聽季主任說，肖阿姨最近剛交了新男友，是社區裡新搬來的一個帥氣喪偶老頭，結果因為這事，幾個以前的追求者爭風吃醋還打進了派出所……

從來只聞新人笑不聞舊人哭，有了新男友的肖阿姨確實不一樣，以往每次見到寧婉還要關心傅崢兩句，這下連傅崢是誰都不知道忘到哪去了，連看都沒看站在寧婉身邊的傅崢一眼。

不過肖阿姨沒關心傅崢，倒是關心起這狗來了：「小寧，這狗怎麼了？出事了？這不是陶杏家的狗嗎？我今早散步還見到了，難道跑不見了？」

寧婉一聽，當下眼睛就亮了：「肖姐姐，妳認識這狗？」

寧婉當機立斷，拿起了一張彩色影印照片：「妳仔細看看，是這隻狗嗎？」

肖美點了點頭：「是，就是這隻狗，我每天早上散步都能瞧見呢，陶杏的狗，她可喜歡這狗了，伺候的比人都好，當兒子養，但我聽她說這狗前幾天才剛走丟了一次，後來自己跑回家了，難道是又走丟了？」

走丟過？這就對了！這狗可不是走丟以後跑上樓，然後墜樓把陳爍砸傷的嗎？

「那這陶杏住哪？在我們悅瀾社區嗎？是住高樓層嗎？」

「在，她就住十棟一〇二室。」

如果住一樓的話，狗要是一不留神確實很容易跑走。而陶杏這個十棟，並不是高空墜物發生的那疑似兩棟大樓裡的任何一棟，如果是她的狗無意中走丟去了最終出事的大樓，也難怪此前調查詢問那兩棟大樓裡的住戶，都對這隻狗毫無印象。

寧婉和傅崢默契地對視了一眼，然後寧婉打起精神，跟肖阿姨要了陶杏的位置和聯絡方式，準備之後突擊拜訪下對方。

「她一個人住嗎？」

結果肖阿姨對寧婉隨口問的問題，倒是撇了撇嘴：「聽說結婚了，但沒見過她老公，就她一個人和狗住，對那狗真是寶貝，她那房小戶型，結果她自己睡最小的房間，把朝南的臥房讓給了狗，自己挺節儉的，但什麼狗窩、狗活動室、狗廁所，都是買最貴的。」

肖阿姨說到這裡，看了眼時間：「我和我男朋友約了看電影，先不和你們說了，我得走了，妳和小傅啊，也別耽擱青春，回頭我有好男人介紹給妳和他。」她說完，朝寧婉和傅崢拋了個風情萬種的媚眼，才娲娲婷婷地走了。

寧婉心想，介紹給自己就算了，介紹好男人給傅崢，那就大可不必了……

事不宜遲，肖阿姨一走，寧婉就拉著傅崢往陶杏的住處走。

據肖阿姨的資訊，陶杏其實還挺年輕，也才三十出頭，只是她好像都是一個人住在悅瀾，並沒怎麼看到她和其他家人來往，和樓裡的鄰居也因為狗的事不太熱絡，只偶爾見陶杏和社區裡其餘幾個養狗的聊過，連社區百事通的肖阿姨都對她的其餘資訊不甚清楚。

這一路上，寧婉心裡有些忐忑，就怕陶杏不好溝通，對方完全可以不承認砸傷陳爍的就是自己的狗，畢竟寧婉也只有一個影片，而戴紅色蝴蝶結的狗，全世界又不是只有一隻，這類寵物配飾，滿大街都是同款，只要對方一口咬定不承認，真的也沒辦法證明……

寧婉這邊有些憂慮，走在自己身邊的傅崢表情也有些凝重。

一定也在為陳爍這事擔心了，寧婉心想，傅崢還真是個有情有義的人，陳爍到底是他的好朋友，現在他出事了，傅崢平時喜不形於色的人，也感情外露到如此了，只是就在寧婉準備開口安慰傅崢不要過度憂慮陳爍的時候，傅崢開了口——

「寧婉，剛才肖阿姨，為什麼要把好男人介紹給我？」傅崢微微皺著眉，「我現在回頭想想當初她的話，什麼要和我當姐妹，再想想這次這話，怎麼覺得……」

「……」寧婉當機立斷打斷了傅崢，「你想多了，肖阿姨她就是談了男友，人過分興奮，以至於口誤了！口誤！當然是介紹好女人給你啊！」

「不需要。」

寧婉本是為了轉移話題，沒想到傅崢倒是認真地回答了這個問題，還重複了一遍：「不需要。」

寧婉抬眼好奇地看了傅崢一眼，心裡突然有些緊張和慌亂，她努力讓自己顯得不在意和平靜道：「你是有女朋友了所以不需要了？」

「沒有。」傅崢抿了抿唇，看了寧婉一眼，「但不需要肖阿姨介紹。」

「哦……」

寧婉自己也沒發現，這一個簡單的回答，自己心裡竟然有點開心，傅崢明明都三十了，所裡很多同年齡的男律師別說女朋友，有些就是二胎都有了，傅崢這年紀找女朋友也差不多了，自己這個帶教律師，照理也該多關心下屬的生活，聽到他沒女朋友該鼓勵他趕緊找才是，但寧婉心裡卻懶洋洋的，一聽傅崢沒女朋友，不僅不替人家著急，心裡還有些悄咪咪的幸災樂禍，恨不得人家一直這樣，沒女朋友才好。

結果寧婉正在偷偷這麼想著，傅崢清了清嗓子，視線望向前方，又開口道：「那妳呢？妳是真的想肖阿姨介紹好男人給妳？」

「沒有沒有。」寧婉連連擺手，「我沒有這個想法！」開玩笑呢，現在社區裡優質青年有多搶手寧婉能不知道嗎，肖阿姨別介紹個離異的給自己就不錯了。

寧婉想著，瞥了身邊的傅崢一眼，何況，自己身邊有傅崢這個參照物，眼光好像都不自覺變高了，以往覺得陳爍就挺帥了，現在好像覺得陳爍也就中人之姿，充其量是個端正陽光的小夥子，但離絕美帥哥，還是有一點距離的，至於什麼樣的是絕美帥哥吧……寧婉沒忍住，又偷偷看了傅崢一眼。

傅崢的眼光正瞥著遠處，倒是沒注意到寧婉幾次三番偷偷摸摸的目光，他咳了咳：「剛才肖阿姨說要介紹好男人給我，我一時沒意識過來，要是她說介紹好女人給我，我肯定當即就拒絕了。」

「妳既然和我一樣也沒有那個想法，以後肖阿姨說要介紹好男人給妳，妳也應該當機立斷拒絕才是。」

寧婉正看著傅崢的側臉，下意識就是點頭：「嗯！」

結果自己都給出肯定的答案了，傅崢顯然還不是很滿意，他轉過頭，有些沒好氣地看了寧婉一眼：「妳回答這麼快，真的是想好以後的回答嗎？」

「是啊……」

寧婉如今確實並不想認識什麼好男人，要說當下最想的事，那還是進大 Par 的團隊。

「哦，我就是隨便說說。」傅崢有些不自然地補充道：「畢竟肖阿姨人也挺熱心的，我覺得妳直接拒絕，這樣也不用浪費別人的好意和精力，免得她還真的幫妳去打聽好男人，我們也不能老是消費別人的感情對不對？」

「對對對。」

你長這麼好看，你說什麼都對唄。

幸虧陶杏家距離並不遠，沒多久寧婉和傅崢就走到了她所在的社區門口，而這之後一路，傅崢也沒有再提及別的話題，雖然他應該是想明白寧婉之前幹了什麼，但也沒再追究肖阿姨到底為什麼也要介紹好男人給他這回事，讓寧婉也偷偷鬆了口氣。

幸運的是，陶杏人在家，她和寧婉想像中的完全不同，肖阿姨說她也就三十出頭，但人看起來有點憔悴，五官能看出來底子應該挺好，可兩個嚴重的黑眼圈和糟糕的皮膚狀態太減損她的顏值了，以至於整個人看起來有些陰沉，嘴角掛著，顯得很喪氣，和人溝通也提不起精神，不過寧婉和傅崢說明來意後，陶杏倒是沒把人趕走，雖然有些冷淡，但還是客氣地把人迎進了家裡。

「你們不怕狗對狗毛不過敏就好，不過狗打過疫苗，也很親人。」進了自己家門以後，大概回到自己熟悉的環境，她狀態看起來好了不少，「我幫兩位倒杯茶。」

趁著陶杏去倒茶的時候，寧婉大致觀察了下陶杏的家，看得出，她確實打掃得很乾淨，雖然養了狗，但地板上並沒有狗毛，也沒有異味。

只是屋內的傢俱擺設都顯得簡潔，甚至顯得很老舊，尤其是幾個照明燈都有些閃了，顯然是燈管老化了，但涉及到狗的用品，不管是狗食盆還是堆在一邊的狗糧，都是進口的牌子，幾個散落在地上的狗玩具看起來也都很講究。

再看陶杏本人，她自己在穿著上也很隨便，牛仔褲更是洗得都發白了。想來這陶杏對自己的生活品質倒不講究，但對狗的卻很在意。

「來，兩位喝茶。」

寧婉接過茶，索性也不繞圈子了，她逕自拿出了狗的照片，簡要敘述了下事情經過，寧婉怕激怒對方，在用詞上也比較謹慎：「因為有社區其他住戶提供資訊，說這隻狗和妳家的狗很像，又聽說妳家這狗發生意外當天正好走失過，就想來問問……」

出乎寧婉的意料，她的話還沒說完，陶杏就接過話頭，乾脆地承認了：「是我的狗，我認得出，就是多多。」她說完，就朝一個房間裡喊了聲，「多多，過來。」

沒多久，影片裡的那隻狗果然就顛顛地過來了，確實是同一隻狗，如今還戴著紅色蝴蝶結呢。

沒想到事情這麼順利，寧婉看了傅崢一眼，鬆了口氣，結果就在她以為賠償的後續事宜也能如此順利協商解決時，陶杏卻也同樣乾脆地拒絕了寧婉的要求。

她說起來話來慢吞吞的，像是對什麼都提不起精神：「多多是我家的沒錯，可兩位律師，多多那天走丟了。」

寧婉笑了笑：「是，確實是走丟了，但看管好自己的寵物，也是飼養寵物的主人的義務，要是沒有盡到相關的責任，發生的侵權賠償，當然需要主人承擔。」

寧婉這一些話說得都非常溫和，可也不知道怎麼回事，不知道是哪幾個字觸怒了陶杏的神經，剛才還無精打采不想說話的陶杏，像個炮仗似的一點就炸了——

「這怎麼該我承擔？怎麼就是我的錯了？怎麼什麼都是我的錯？我到底做錯了什麼老天

要這樣懲罰我，讓我遇到這種事？！」

她一下子像是變了個人，情緒完全歇斯底里起來，整個人都很狂躁，甚至還有點攻擊性，她手裡本來正拿著盛滿開水的茶壺，也隨著自己的動作甩動起來，眼看著潑出來的開水就要往寧婉身上灑去。

幾乎是瞬間，傅崢把寧婉拉到自己身後，隔開了她和陶杏，用身體護住了寧婉，而他自己避之不及，身上被開水濺到了，西裝也濕了一塊。

「傅崢，你怎麼樣？」

明明應當是被燙到了，傅崢卻只微微皺了下眉，然後看向了寧婉：「妳沒事就好。」他說完頓了頓，才回答了寧婉的問題，「我沒關係。」

傅崢的話簡潔平淡，語氣也自然冷靜，並沒有一絲一毫邀功的意味，然而越是這樣，寧婉的內心就越無法忍住的悸動起來。

傅崢有時候有些冷傲，但骨子裡是個溫柔並且紳士的人，做出這樣護住自己的行為並不意外，即便換成別的女生，恐怕也是一樣的結局，更何況自己是他的同事，可即便知道這一點，寧婉心裡還是不爭氣的心跳如鼓起來。

其實她覺得自己近來不大對勁，傅崢又不是第一天長這樣，以往自己就算知道他帥，也沒有過分關注過，但最近卻總是忍不住偷偷看他，即便內心告誡了自己別分心別分心，但常常意識到的時候，自己已經在看傅崢了。

雖然他只是萬千普通實習律師裡的一個，然而寧婉卻覺得傅崢像是自帶了一種光環。辦的明明也只是這種雞毛蒜皮平凡的社區案子，但即便這樣，寧婉都覺得傅崢有一種平凡裡的耀眼。

但眼下不是想這些的時候，寧婉努力甩脫了心裡有的沒的，皺眉看向陶杏。

此刻的陶杏怒目圓睜，看起來仍舊十分激動，嗓音也非常大，整個人情緒十分亢奮：「多多走丟，不是我的責任，我該盡的義務都盡了，本來好好帶著牠走在路上，結果突然竄出來個戴著帽子戴著口罩的人，就來搶我的狗繩，還拚命踢狗，多多受了驚，一下跑了，那人就繼續追在多多身後，後來追上狗，竟然強行把狗拖著就走，動作太快我根本跟不上……我後來找了一圈，才找到多多。」

陶杏越說越氣，聲音也越來越大：「我還想投訴社區呢！社區怎麼把這種人放進來！光天化日之下都有偷狗的了！多多就像我的孩子一樣，這種人抓住了能判刑嗎？」

雖說陶杏的態度激烈，但寧婉卻沒在意，她皺了皺眉，抓住了陶杏話裡的關鍵字：「狗突然被人攻擊拖走，妳有證據嗎？」

本來狗走丟了然後自己從樓上躍下，寧婉就覺得很玄幻，因為就算是動物，也有趨利避害的本能，正常一隻家養的寵物狗，不可能脫離主人的控制後就跑上那麼高的樓然後自己跳樓，也鮮少有狗自己跑到樓頂最終失足跌落的，狗又不傻。

而如今陶杏這一席話，寧婉倒是有了新的想法，她看向傅崢，而也是同時，傅崢轉頭看向了她，不需言語，兩個人已經在彼此眼中看出了一致默契的猜測——

狗會不會是被人故意扔下樓的？

寵物侵權適用的是無過錯責任原則，不論飼主是否存在過錯，只要發生了侵權行為，那麼飼主都要承擔賠償責任，除非寵物的侵權行為發生是由於第三人故意或者重大過失，那麼飼主才可以以此抗辯。

雖然為了保護受侵害人的利益，最大限度完成社會救濟，即便有第三人故意，受害人仍舊可以先找狗主人賠償，而狗主人事後可以找故意的第三人追償。

只是出於更為簡單直白的原則，尤其如今陶杏並不願主動承擔賠償，那麼為了避免激化擴大矛盾面，如果狗確實是被故意拋下樓的，只要找到這個扔狗的人，侵權責任就可以直接找這個扔狗人承擔，除非找不出，才退而求其次，再起訴陶杏先行承擔。

「陶女士，那妳有證據證明妳說的話嗎？」

「有！」陶杏見寧婉和傅崢沒質疑自己，情緒也略微緩和了下，「那段路有監視器，我找物業要了錄影。」

她說著，就打開了手機：「喏，你們自己看。」

影片裡，一名中等身材的男子穿著黑衣黑褲，頭戴鴨舌帽，巨大的帽檐和黑色的口罩幾乎把他的臉全部遮住了，除了體態特徵外，根本無法辨認這人的長相。

如陶杏所言，她本來好好牽著繩子遛狗，這男人彷彿就是伏擊在一旁的綠化帶裡等候，突然竄了出來，對著狗就是死命一腳，趁著狗受驚，他又開始搶奪陶杏手裡的狗繩，把陶杏推倒在地後，又對狗踹了好幾腳，然後便粗暴拖拽著狗就走，狗自然拚命掙扎，狂吠的同時轉頭努力咬向了對方的手腕……

光看影片，就能看出這「人狗大戰」有多激烈……

「就這人！神經病！我報警了！多多咬傷他後，現場也有血樣，警方也採集了，但是DNA沒比對出來，至少這人沒前科，真是倒楣，也不知道哪裡來的神經病……」

陶杏的語氣又焦躁起來：「結果你們現在說狗被這人拖走之後出了事，砸了人，這事就不該我負責吧？我根本沒追上這人，在社區找了一圈以後就看到多多自己回來了，僅此而已。」

寧婉皺著眉看著，影片裡，陶杏跌落在地後，從她背後跑來個高個子的男人，然後丟下手裡的東西，立刻扶起了陶杏，和她說了兩句，就朝著拖著狗逃竄的黑衣人追了出去……

「這位是？」

現場還有別的目擊者，還跟著黑衣人追出去了，或許還目睹了黑衣人丟狗也說不定，這種重要的資訊，也不知道陶杏為什麼不說。

而因為寧婉問了，陶杏才有些不自然地補充道：「這我老公，不過很快就是前夫了，我們正在走離婚手續，也算是巧，他那天來談離婚的事，正好遇上那個黑衣人剛搶了狗，我因為被推扭傷了腳踝，後面他就去追那人了，但過了一下就回來說那黑衣人跑太快了沒追上，還好後來狗沒事自己回來了……」

陶杏的情緒波動特別大，這時又憂鬱起來，彷彿能當場落下淚來，她抱住了身邊的狗：「在我心裡，多多就是我的孩子，我真的不知道要是多多出了事，我該怎麼辦，那可能真的活不下去了。」

「你們也看到了，我家境就這樣，現在和前夫鬧離婚，也是淨身出戶，唯一的錢都用在多多身上了，牠就是我的家人我的孩子，我真的沒錢承擔你們同事的醫療費，但妳同事出了事，多多也受了驚，我也想找那個突然出來打狗搶狗的人打官司。」

「我也是知恩圖報的人，要不是有你們同事，多多就死了，如果可以，我想買點水果，帶著多多一起去看望下恩人，讓多多給恩人磕頭……」

寧婉連連擺手：「不用不用。」

開玩笑，雖說狗在這件事上大概是沒過錯，可陳爍本來就因為遭遇飛來橫禍就夠煩悶了，再見這狗，可不是要氣死。

倒是這時，此前都沒怎麼開口的傅崢插進了話題：「陶女士妳別急，我覺得我們能找到拖走狗的人。」

最終，傅崢安撫了陶杏兩句，又要了正和陶杏鬧離婚的丈夫的聯絡方式，這才離開。

也是巧，剛開門，就撞見門外有個男人提著一籃水果正準備敲門。

陶杏愣了愣，剛緩和的情緒立刻又充滿了攻擊性：「夏俊毅，我都和你說過多少次了，別來找我了！我和你沒希望了！和你這婚離定了！我有多多就夠了！」

這種私事，寧婉和傅崢不便在場，幾乎是快步往外走，只留下背後陶杏歇斯底里的嘶吼，而原本溫順親人的多多，此刻也在狂吠。

等傅崢和寧婉走離了陶杏的家，到了安靜的樹蔭下，兩人才停下來。

傅崢不是會說大話的性格，既然能對陶杏講出那樣的話，自然是有了方向，此刻一停下，他就邏輯清晰地闡明了自己的思緒——

「可以讓警察試著問一下附近幾家社區醫院，看看事故發生當天和第二天悅瀾有誰去打過狂犬病疫苗。」

這竄出來的黑衣人顯然憎惡狗，才會踢狗下狠手，這樣的人被狗咬了，是不可能信任這隻狗沒病的，大概會自己跑去打疫苗。

既然這件事陶杏也報了警，那麼借助警察的力量去排查就行了，應該很快能有結果。

陳爍受傷後，社區辦公室一下子少了個人，傅崢忙了很多，各種繁瑣複雜的小事幾乎占滿了他的時間，但傅崢對此竟然絲毫不覺得煩躁，反而神清氣爽，越幹越有勁了。

和寧婉去完派出所溝通後，兩個人又去醫院看望了陳爍，順帶溝通了案件進展。

陳爍恢復得挺好，只要再過一週等醫生檢查確認沒有血氣胸的情況，就可以出院回家自行休養了。

「怎麼還要一週啊，寧婉學姐，其實我覺得自己已經沒事了，完全可以重新工作了，像我這麼年輕的，骨頭長好得也快呀……」

對於陳爍這種示弱加表忠心的行為，寧婉自然是好生安慰，讓他別想別的好好休養，身體第一，結果陳爍便順竿爬得更歡了——

「可寧婉學姐，我主要是擔心，我要是不在妳身邊，社區這塊工作壓力這麼大，搞得妳焦頭爛額的，這新來的大 **Par** 可能沒多久就要正式入職了，妳還要準備應聘他的團隊，也快要筆試了吧？」

傅崢真是聽不下去了：「陳爍，你就好好養病吧，你不用擔心寧婉，社區這邊有我在，我會代替你幫她分擔的。」

陳爍嫌一週慢，傅崢還嫌一週太快呢，陳爍這傢伙，醫生怎麼沒給他下醫囑讓他再多住個十天半個月的？不，十天半個月還太短了，最好直接住個一年才好。

幸好寧婉每次來探望陳爍，傅崢也都跟著，以至於總是能恰到好處地提醒寧婉社區還有工作，因此每次寧婉也坐不了多久，就和陳爍告辭了。

這次也一樣，最終，傅崢冷靜鎮定地頂著陳爍的瞪視，又帶著寧婉離開了。

離開陳爍，回到社區，回到只有自己和寧婉兩個人的工作生活，傅崢覺得心情終於再次明朗了起來。

只是傅崢很快又不太開心起來。

這天社區的現場諮詢特別多，明明自己也坐在寧婉身邊，每一個來諮詢的一開始明明朝著自己走來，但一見到寧婉的臉，便調轉腳步朝寧婉走去了。

忘了說，今天下午每一個來諮詢的，都是男人。

「這位妹妹啊，我想問問，我們家那個保姆，和我們有點糾紛，就是……」

律師就律師，還妹妹呢？眼前諮詢寧婉的這位男士年齡看起來都大寧婉兩輪了，還好意思妹？都能當寧婉的爸了！

「律師，我被房東坑了，心裡挺沒主意的，妳看方不方便加個好友啊？萬一我以後有事就能找妳了，不過肯定也不會讓妳免費諮詢的，下次我請妳吃飯，妳喜歡什麼菜系的？」

辦案就辦案，都被房東掃地出門沒地方住了，怎麼還有心思想著泡妞呢？還想要寧婉的聯絡方式？還心裡挺沒主意？這世界真是太仁慈了，沒主見的男人就該人道主義毀滅，怎麼還好意思妄圖談戀愛呢？

最終寧婉自然婉拒了互加好友的要求，但傅崢心裡還是不太爽利，以往他還沒覺得，現下倒是真心體悟到了社區環境的混雜，這一個個的，諮詢法律問題就好好諮詢，怎麼眼睛都拚命盯著寧婉的臉看，說著說著還臉紅了，結結巴巴的和情竇初開一見鍾情了似的？

確實是時候趕緊把寧婉調離社區了，這可真是明珠蒙塵鮮花插牛糞。

接連幾個來諮詢的中青年男性，傅崢都越看越面目可憎。

對於自己這幾天情緒的波動和越發頻繁的煩躁，傅崢將之歸結於可能是最近天氣不好，時雨時晴，潮濕悶熱，所以看誰都不順眼。

好在第二天，天氣就重新恢復了涼爽和晴朗，風和日麗，社區的辦公節奏也明顯放緩了下來，並沒有扎堆諮詢的人出現了。

傅崢早晨上班時心情確實重新好了。

只是很快，到了下午，他覺得自己又不好了。

傅崢剛出門買了杯飲料給寧婉，一回辦公室，就見辦公室裡又有人了，這次是個看起來正值青春期年紀的男孩子，長得挺清秀，面皮白淨，但個子倒是挺高，即便和自己相比，也沒矮太多。

傅崢推門進去的時候，這男孩正有些害羞地和寧婉說著話，還正把一束花拚命往寧婉手裡塞。

傅崢看了眼，一大束粉色的玫瑰，這顏色真的有點礙眼。

他瞥了那男孩一眼，努力平靜道：「哦，寧婉，這男孩是誰？怎麼送花給我們啊？」

結果他不開口還好，一開口，那男孩倒認真地糾正起來：「不是送給你們的。」他說完，有些害羞地看了寧婉一眼，「寧婉姐姐，這是我單獨送給妳的。」

「……」

在傅崢冷冷的目光裡，那男孩眼睛巴巴地看向寧婉，一臉將要訴衷腸的表情：「寧婉姐姐，多虧了妳，要不是妳，就沒有今天的我，要不是妳每次都能在我迷失的時候找到我……」

這什麼文藝男青年，酸得都出水了，還在迷失的時候找到他呢？以為寧婉是什麼，是人生指明燈啊？

不過傅崢很快就知道對方說的確實是實話了。

只聽對方繼續道：「要不是妳說服我家人帶我進行正規的治療，我現在病情可能更嚴重了，完全不可能控制得當還能重新回到學校……不過當初犯病的時候，一迷路就打電話給妳，一定給妳添了很多麻煩……」

「沒事的，子辰，你那時候病了，很多事情不是你的主觀意願，現在病情穩定了，那以後好好念書加油啊。」

「……」

兩個人一來二去，傅崢算是弄明白了，這位少年就是此前寧婉土味情話的適用對象，那個有遺傳精神分裂疾病的張子辰。

只是即便知道了對方還是個青春期的孩子，此前的行為也是因為疾病所致，如今對寧婉的感激也情有可原，可傅崢心情還是有些煩躁。

感激就感激了，道個謝不就完了？至於送花嗎？實在憋不住心裡的感激真要送花也行，但也不能送個粉玫瑰吧？懂不懂事啊？要送也應該送錦旗！畢竟寧婉對他一次次的土味情話又不是真心的，完全是出於工作需要而已，送粉玫瑰，一看就是公私不分，何況才十幾歲，就該好好念書，少想有的沒的。

現在這世道，不僅中青年不像話，連青春期的小孩也很不行，當代男性的品質真是一屆不如一屆。

只是彷彿要打臉傅崢似的，張子辰送完花前腳剛走，後腳就來了位上了年紀的大爺。

大爺看起來確實能做寧婉的爺爺了，拎著大包小包的蔬菜瓜果：「小寧啊，這是我上次回老家，親戚自家種的，之前在社區被電動車撞了還多虧妳幫我要回了賠償和醫藥費，這些蔬菜瓜果不值錢，但是新鮮，沒農藥，妳趕緊收下……」

這大爺其實沒什麼出格的行為，放下蔬菜瓜果，接著就是正常關心了幾句寧婉的近況——

「交男朋友沒？要是沒交，大爺介紹個給妳……」

傅崢決定收回前話，以前這幾屆，看起來也不怎麼樣。

人類的和諧相處源自於不要多管閒事，寧婉單身怎麼了？還勞這大爺操心？都六十多歲的人了，該自己多注意注意養生少管年輕人的生活才是正道。

社區諮詢的男人們來了又去，去了又來，傅崢冷眼旁觀，只覺得心裡好像本來有個火苗，如今也不知道哪來的歪風一吹，這火苗一下子旺盛成了一場大火。

如果說前幾天這情緒的波動還能怪天氣，那今天的異常，就沒辦法賴給外界了。

傅崢作為一個成功的「上位者」，平時對同性相當平和，但如今竟隱隱有點「厭男症」了。

但凡是個男人，只要靠近寧婉，就變得面目可憎起來，連隻公泰迪對寧婉撒嬌，傅崢都恨不得把狗扒開……

這樣的自己顯然是不正常的。

冷靜想想，自己其實從陳爍來社區之後就已經開始不正常了。

此前，傅崢把自己的不正常歸咎於陳爍的挑釁和敵意，然而如今，沒了陳爍，即便是陌生的和自己毫無關聯的男人，傅崢發現自己也心煩氣躁。

其實也不是全然毫無關聯的。

這個關聯就是寧婉。

一切和寧婉關聯的男性，在傅崢眼裡就面目可憎起來了。

事到如今，即便不想面對，傅崢也無法不承認，自己的情緒會隨著寧婉轉動，他本以為自己會是恆星，寧婉是自己的星星，他作為老闆，未來組建團隊後，寧婉就可以一直圍繞著自己旋轉，然而直到此刻傅崢才發現，不是這樣。

自己才是寧婉的星星。

因為寧婉，他變得不像他自己，冷靜、自持、穩重、包容，把所有的優點都丟失掉，只剩下幼稚、嫉妒、冒失、浮躁……好像三十年來所有的原則和習得的品德都被打破，只被還原到出廠設置裡最初始的版本——不是高級合夥人，不是百分之十人生裡的成功者，不是名校履歷者，只是傅崢，一個普通的男人。

真糟糕啊，他喜歡寧婉，喜歡得都會妒忌。

這是傅崢第一次這麼喜歡一個人。

雖然因為業務不熟練，過程有些後知後覺的遲鈍，但一旦坦誠地面對自己的內心，傅崢並不會逃避。

確定目標，制定方案，獲取結果。對任何事，傅崢從來都堅守這樣統一的標準，知道自己想要什麼，分析怎麼樣能得到，最終過上自己想要的生活。

既然喜歡寧婉，那麼一分一秒也不該浪費，下一步就是怎麼取得寧婉的喜歡，然後把她占為己有。

傅崢不是陳爍，他也從來不屑陳爍那種所謂的日久生情型攻略方式，很多時候戰線拖得太長，就容易橫生枝節，比如陳爍就遇到了自己這個枝節。

但一方面，傅崢自然也要感謝陳爍這種拖沓的感情理念，正因為他從沒果斷表白過，以至於和寧婉的關係仍舊停留在學弟和學姐外加同事的層面。

傅崢冷靜理智地分析了當下的情況，拜天降大狗所賜，陳爍負傷出局，如今不足為懼，自己就不用分心打擊異己了，只要專心攻略寧婉就行。

但問題就在這裡。

要是平時，傅崢自然有一百種方法表明自己的心意，然後穩紮穩打，步步為營，只是如今……

如今自己既是傅崢，又不是傅崢。

人還是那個人，但自己的身分是造假的，既然要表明自己的心意，最起碼需要向寧婉坦承自己的一切，包括自己所有真實履歷、家境、工作背景。

雖然傅崢自己的真實履歷、家境和工作背景都不差，可對此他反而焦慮起來，此前造人設太過，寧婉又因為「同樣的遭遇」對自己深信不疑，傾注了全部的信任，就算自己搖身一變從窮變富她還勉強能接受，下屬變上司，落差好像就太大了……

她未必能接受自己的欺騙，甚至因為老闆和員工的天然階級差距，就連現在和自己這種同事間的熟稔都可能蕩然無存。

傅崢想要的是女朋友，可不是什麼拒人千里之外的戒備員工。

剛才還在內心鄙夷著陳爍，傅崢沒想到自己幾乎是下一秒就設身處地理解陳爍了——陳爍一直不表白，大約也是如此，生怕一表白後，連和寧婉如今這樣的朋友關係都會消失，變得尷尬，因此在沒有十足的把握前，只能按捺不表靜觀其變。

而除了擔心坦白後寧婉把自己推得更遠，傅崢也擔心自己的真實身分可能影響寧婉的判斷，寧婉想加入自己的團隊，而一旦自己表明身分，再告白，那麼寧婉對這份感情的考慮，是否會參雜別的因素？

因為不論如何，在職場裡，上司利用地位的優勢，手握足以拿捏下屬職業未來資源的同時，向下屬表白，這怎麼聽都像是變相隱形的職場霸凌。

正常人遭遇這種告白，恐怕驚多於喜，即便不喜歡這位上司，並不想和他戀愛，也會憂慮拒絕後是否會對自己職場上有負面影響。

傅崢並不想這樣，他希望寧婉在考慮自己的感情時，沒有任何外力因素，他希望她接受自己，完全是因為她願意。

於是這樣就陷入了比陳爍還尷尬的境地，隱瞞身分先表白，那不坦誠，即便寧婉答應，也是對往後相處埋下了雷，容易引發信任危機；坦白身分後表白，那更糟，簡直像是職場傾軋……

傅崢生平第一次這麼頭大，一貫喜歡快速打法的他，面對寧婉，也只能先按兵不動了，此刻冷靜下來想想，他才意識到，以往對所有案子都能快狠準，那是因為即便做了錯誤決定，可能會失去一個案子，傅崢也不在乎，但他在乎寧婉，他不想貿然地失去她。

傅崢想來想去，竟然一時片刻也沒想出什麼辦法，倒是時間一晃眼，已經到了週六，而就在傅崢度日如年內心掙扎之際，高遠打了電話給他——

『傅崢，能來所裡一趟嗎？我這邊和美國客戶有個談判……』

高遠沒有去美國留學過，雖然法律功底扎實，但英語是他的短板，閱讀和寫作還行，聽力也勉強過得去，但用英語和人談判，就有些強人所難了。平時他團隊招了個美國 J.D. 畢業回來的男生汪哲，結果今天這年輕律師正好結婚。

『美國方約的本來是下週一的時間，但臨時改期了，說今天就要談，可這個時候，我總不能把人家從自己婚禮上拽過來吧？要不然你來幫我應應急？』

因為一直隱藏了身分，在寧婉面前也用力造了人設，傅崢平時和高遠的交往都很小心，和高遠討論案子都盡量避開在正元所，偶爾幾次去所裡找高遠，也都相當低調，不知情的外人看起來，也就是正常的實習律師和合夥人之間的溝通，如今傅崢還沒想好怎麼和寧婉交底坦白，就更當心了，尤其國際會議需要用遠端會議設備，沒辦法在高遠辦公室裡進行，需要去會議室，而正元所的會議室是半透明的玻璃設計。

『你就來吧，今天週六，所裡其餘人大部分都去參加我團隊那男生的婚禮了，我也是萬不得已才只能紅包到，人不到，回所裡加班，別的沒參加婚禮的同事，也是因為有事出差了，所以沒別人會來所裡了。』

「寧婉去了嗎？」

『去了去了，他們差不多同批時間進所的，除了像你這種新來的「小實習生」沒被邀請，別的拉拉雜雜都去了。』

總之，高遠一席話最終還是打消了傅崢的疑慮，傅崢也確實需要工作轉移下心裡的煩躁，因此便也應了下來。

邵麗麗只覺得最近特別倒楣，難得有個週末，這週各位老闆還都讓下屬放假了，以便能參加汪哲的婚禮。

汪哲是邵麗麗和寧婉的同期，如今和戀愛長跑多年的女友修成正果，邵麗麗也是祝福加羨慕，結果剛和寧婉坐到酒席上，崔靜的電話就來了——

『麗麗啊，上次那個證據原件，我不小心忘在辦公室了，然後張律師急著用，但是妳也知道，我現在人在外面度假……妳能不能幫我去拿一下啊？』

「行，那我等參加完汪哲的婚禮去幫妳拿。」

『那來不及，張律師一小時內要看到原件，因為翻譯件和原件好像有點不匹配，明天就要上庭了，還要趕在週末核對下呢，而且張律師等等也要出門，妳能一小時內送到他門上嗎？』

邵麗麗其實不是第一次幫崔靜擦屁股了，早先很多分工的翻譯活，崔靜常常連同自己那份扔給邵麗麗，這次崔靜請了年假在外旅遊，於是又習慣性把工作丟給她了……

崔靜選的甩鍋對象也是好，邵麗麗勞碌命，責任心又太強，即便是同團隊裡別人的工作，也看不得爛尾，勤勤懇懇老黃牛，掛了電話，就準備起身。

倒是寧婉拉住了她：「妳別理崔靜了，這活本來就不是妳的，到時候搞砸了，張律師要找的第一責任人也是她，妳就該讓她沒人保底被張律師劈頭蓋臉一頓罵，治治她的毛病。」

邵麗麗心裡知道寧婉說得在理，可她一直是好學生心態，被人拜託了就不好意思拒絕：「算了算了，最後再幫她一次。」她看了手機一眼，「現在離婚禮正式開場還有點時間，所裡離這不遠，我去去就來！」

只是等邵麗麗火急火燎趕到所裡，才發現會議室的燈竟然亮著，她探頭一看，發現高遠正在會議室裡，看樣子是在視訊會議，而他的身邊坐著平時跟著寧婉的那個實習律師傅嶧。

邵麗麗心裡只想著找到崔靜的證據原件，也沒太在意，傅嶧出現在這裡也正常，畢竟是所裡的實習律師，即便在社區掛職，所裡的大 Par 想要調來用於某個案子也是常規操作，大部分實習律師可巴不得能被大 Par 看上呢，畢竟從打雜入手一旦和大 Par 熟了被看中，未來就自然而然能進入大 Par 團隊了。

崔靜本來說證據原件就在她自己桌上，可邵麗麗找了半天也沒找到，打她電話又不接，找了半天，高遠的視訊會議都結束了，邵麗麗才在桌底下發現了那份卡在縫隙裡的證據原件。

等邵麗麗鑽進桌底剛把原件拿著準備爬出來，結果就在自己視線裡看到了四條腿——高遠和傅崢結束會議後從會議室走了出來。

好死不死，這兩個人就停在了自己這張桌前，還在就專業術語討論著什麼。

邵麗麗有些尷尬，覺得自己現在鑽出桌子出現在這兩位男士的腳邊，不僅猥瑣還很狼狽，於是只好繼續待在桌底，聽著高遠和傅崢對話。

只是天不遂人願，原本以為很快就會離開的高遠和傅崢說起案子來顯然有很多需要交流，而出乎邵麗麗的意料，兩個人討論的對話專業到她完全聽不懂，傅崢講到一些地方更是習慣性全程飆英文。

想不到，寧婉帶教的這個實習律師，竟然還挺有兩把刷子的，而且那態度，還挺睥睨，和高遠這種高級合夥人對話，自己要不是知道傅崢的身分，還以為傅崢這自信和氣場，比高遠還厲害呢！

邵麗麗在內心腹誹著，終於聽到了這場對話結束的訊號——

「辛苦你了，傅崢，你自己開車來的嗎？沒開車的話要不要我送送你？」

「不用，被寧婉看到了不好。」

「你放心吧，寧婉去參加汪哲婚禮呢，不會看到，而且為什麼我送你就不好啊？她又不知道你的身分……」

一聽到寧婉的名字，邵麗麗就精神了，寧婉？這兩個人是不是有什麼祕密瞞著寧婉？難怪最近自己每次提起高遠，寧婉的眼神就怪怪的……

這種關鍵時刻，邵麗麗的好學生精神作祟，就算高遠有什麼見不得人的祕密，可自己躲在桌底下偷聽也並不正確，只是就在她糾結是否要鑽出來的時候，就聽高遠在她頭頂振聾發聵道——

「你也真是，早點和寧婉坦白唄，她又不會在意這種細節，畢竟你是老闆，誰會和老闆生氣？何況等她知道你就是新加入的大 Par，再把她選進團隊，她還有什麼可介意的？」

邵麗麗：「！！！」

邵麗麗：「！！！！！！」

傅崢……傅崢就是新加入的大 Par？！

傅崢正和高遠聊著，突然聽到腳邊的辦公桌底下傳來「咚」一聲巨響，像是誰的腦袋撞到了桌底。

高遠嚇了一跳，當即抄起了桌上的文件：「誰？小偷嗎？傅崢，你快去報警，別有什麼機密檔案被偷了，不報警的話不好和客戶交代。」

「高 Par，是我……別、別報警……」

伴隨著有些熟悉的女聲，傅崢微皺著眉，看著邵麗麗從桌底下慢吞吞像貞子一樣爬了出來。

他記得邵麗麗，是寧婉的好朋友，顯然她聽到了剛才的一切。

只是被撞破祕密的人明明是傅崢，邵麗麗卻顯得比傅崢本人還驚恐，她爬起來，站起身，整理了頭髮，就開始瑟縮地偷偷打量傅崢。

傅崢看向了高遠，高遠也知道大事不妙，有些尷尬地打哈哈道：「我也不知道邵麗麗怎麼在所裡，正常不是應該都去婚禮現場了嗎？」

因為臨時來所裡拿資料而撞破不得了祕密的邵麗麗求生欲很強，當即簡單解釋了自己為何會出現在所裡，然後繼續道：「我什麼都沒聽到，高 Par，傅、傅 Par 你們先聊，我有點事，我先走了！」

「等一下。」

可惜天不遂人願，邵麗麗趁機溜走的美夢沒能成真，傅崢叫住了她，反倒是高遠趁亂號稱還有事趕緊跑了……

等所裡只剩下自己和傅崢兩個人，邵麗麗只覺得已經不僅是尷尬，而是頭皮發麻。雖然面上還能維持冷靜，但邵麗麗的內心已經忍不住咆哮了起來。

這個傅崢不是寧婉帶的實習律師嗎！！！怎麼搖身一變成了新入主總所的高級合夥人？可寧婉看起來完全不知情啊！！！以往自己去寧婉社區那玩是怎麼對傅崢的？寧婉說他不重要，自己好像還真的沒怎麼注意過人家……

一時之間，邵麗麗心裡一下狐疑一下尷尬一下懊悔，一般電視劇裡祕密被撞破，多半就要被滅口了，如今這情況，雖然不至於被滅口，但……

就在邵麗麗左思右想自己的悲慘結局時，傅崢開了口——

「抱歉。」

「？？？」

傅崢的聲音平和鎮定，看起來很坦誠，他向邵麗麗道了歉，然後仔細認真地解釋了自己隱瞞身分待在社區的初衷。

「並不是刻意騙你們的，但當初確實是我考慮不周，對此造成的誤會我向你們道歉。」

邵麗麗印象裡盛氣凌人的老闆訓話場面沒有發生，傅崢看起來還是社區裡跟著寧婉幹的小傅，溫和謙遜，彷彿沒有因為身分的變換而產生任何性格的差距，邵麗麗也隱隱鬆了口氣，這位大 Par 看起來格局很大，不像是會為難寧婉和自己這種小律師的人，等回頭趕緊和寧婉說說，別寫郵件搞好關係了，大 Par 就在身邊！！！

「我之後會在總所公開身分，但是，在這之前，能不能拜託妳一件事？」對面的新晉大 Par 表情真摯神態懇切，完全讓人信賴的同時甚至有些讓人覺得拒絕他都是犯罪。

然後，邵麗麗就聽對方繼續道——

「希望妳先保守我身分的祕密，暫時不要告訴寧婉。」

邵麗麗有些暈了：「啊？」

可寧婉是接觸傅崢最多的，也是被傅崢這個身分隱瞞最多的人……為什麼……

「因為我想親自和寧婉解釋。」傅崢抿了抿唇，「我希望她能直接從我的嘴裡聽到事情的版本，我也會好好想清楚怎麼和她溝通，畢竟她應當得到這樣鄭重的解釋。」

「寧婉的性格想必妳也清楚，如果知道我這樣騙她，可能會接受不了，但我很欣賞寧婉，在社區的這段時間她很照顧我，我也看到了她的能力，還是希望未來組建團隊時她能加入，所以更會慎重對待和她的關係。」傅崢笑笑，「妳知道的，如果處理不好，難保寧婉沒有強硬的反彈，到時候產生了誤解，對未來合作辦案總是埋下了雷，對嗎？」

傅崢的談話其實很有誘導性，雖然看起來溫和，但步步為營，意外暴露自己的身分不是他所想，而在他沒有想好如何溫和地化解自己身分帶來的危機時，他並不想冒險，別的不重要，重要的是怎麼讓寧婉溫和地接受自己的新身分。

邵麗麗一聽，果然眼睛亮了：「你的意思是，之後你組建新團隊，會選寧婉進去？」

傅崢點了點頭：「是的。」順勢露出略微苦惱的表情，「所以不希望和寧婉之間的關係出現什麼大變故，在我想好怎麼和她溝通坦白前，妳能幫我保密嗎？」

「可以！沒問題！」

邵麗麗心裡這一刻只剩下高興了，替寧婉高興，她終於能被選進大 Par 的團隊了，傅崢跟寧婉相處了這麼久，一定知道寧婉的為人和能力。

「對了，還有一點，能不能也麻煩妳一下？」

聽到大 Par 有事要拜託自己，邵麗麗立刻打起了精神：「傅 Par 你說！」

傅崢咳了咳，自然道：「寧婉身邊，關係好的男同事，除了陳爍外，還有別的嗎？或者不是我們所裡的，別的同行也行，有這樣的嗎？」他看了邵麗麗一眼，補充道：「哦，我就問問，沒別的意思，團隊裡還想招個男生，就想知道寧婉身邊除了陳爍，是不是還有別的男律師關係還不錯？如果和寧婉關係好，到時候可能會優先考慮。」

大 Par 果然是大 Par，考慮的都是組建團隊這樣的事，邵麗麗當即好好想了想：「在所裡寧婉就和陳爍比較熟，其餘男同事的話都挺一般的，她一直在社區那邊忙，所裡很多案子和會議都沒辦法參加……」

邵麗麗說完，生怕傅崢覺得寧婉人際交往不行，趕緊補充道：「但是寧婉人挺好相處的，我想傅 Par 你找哪位來，她應該都能好好合作的。」

一個老闆組建團隊，自然希望團隊內部的成員已經磨合完畢能好好相處，有些老闆活多，恨不得能直接拉出一個成熟的團隊幹活，結果聽到寧婉在所裡沒別的特別熟的男同事，傅崢不僅沒顯得不悅，竟然看起來……有一些高興？

邵麗麗試探道：「您是準備直接把陳爍挖進團隊嗎？」

雖然陳爍現在有團隊，但只要兩個合夥人之間同意，陳爍也有這個意向，團隊流動不是問題，照理說陳爍最近也在社區工作，雖然邵麗麗也得知他被狗砸了是挺慘的，但或許和傅崢朝夕相處下來，也得到了這位大 Par 的喜愛？

「不，不需要。」結果傅崢幾乎是立刻回答了邵麗麗的問題，他又笑了笑，心情很愉悅的模樣，很貼心地為陳爍考慮道：「中途換團隊其實是大忌，陳爍現在跟的合夥人也很器重他，他在那邊的業務也剛上正軌，貿然換團隊沒有好處，年輕人踏踏實實在一個崗位上幹就行了。」

邵麗麗恍然大悟地點了點頭。大 Par 就是大 Par，替陳爍考慮的多貼心啊！

「另外，妳剛才說今天過來拿證據原件，這件事本來是哪位負責的？崔靜？」

「嗯，對……」

「好的，我知道了。」

傅崢又微微笑了下，然後關照了邵麗麗兩句，特地為邵麗麗叫了輛專車，把邵麗麗送回了婚禮現場。

只是邵麗麗這份高興，在寧婉眼裡，就有些不正常了。

「妳不是去幫崔靜擦屁股送資料了？來回這麼一趟結果怎麼還挺開心？」寧婉簡直對自己這位小夥伴有些怒其不爭了，「下次崔靜再這樣，妳就該拒絕，這人也夠不要臉的，每次輪上彙報工作，就搶功勞，那嘴皮子翻飛都能吹出花來，明明不是自己幹的活，結果全攬在自己身上……」

結果對寧婉這番話，邵麗麗毫不在意，反倒關心起寧婉：「寧寧，妳最近和傅、傅崢，相處得怎麼樣啊？」

寧婉愣了愣，自己最近確實一直忍不住偷偷看傅崢，難道做得太明顯了？連不常來社區的邵麗麗都發現了？

此前因為案子忙，寧婉也沒多想，後來陳爍又出了事，整個都是焦頭爛額，但這兩天社區的事和緩下來，陳爍的事派出所也在有條不紊地調查中，自己得了空，便忍不住開始思忖起傅崢。

就算寧婉再逃避，也不得不承認，自己對傅崢是不同的。

只是沒想到她自己還沒想明白的時候，很多表現在外人看來都是司馬昭之心了……

傅崢很帥，又很高大，溫柔又善良，雖然目前只是個實習律師，並不是大富大貴，但寧婉相信，這樣的傅崢走出去，路上想要嫁給他的小女生就有一大把。

這麼一想就有些洩氣，寧婉如今雖然作為他的帶教律師可以正大光明地親近他，可這身分也不能用一輩子啊，人家早晚要出師的……

既然邵麗麗知道自己對傅崢的這點非分之想，寧婉也不遮掩了，她壓低聲音道：「妳覺得我是不是該對傅崢好一點？」

對傅崢再更好一點，傅崢說不定就捨不得也不習慣離開自己的好了！現代社會，女生主動出擊也沒什麼不好的！

邵麗麗果然眼睛一亮，臉上就差寫「妳可終於開竅」的表情了：「是的！妳要對他好一點！多好都不為過，知道嗎！」

雖然答應了傅崢不跟寧婉公開他的身分，但是稍加提點不違法吧？寧婉這人就是熱心，作為傅崢的帶教律師，心裡果然一直想著更關照善待這位下屬一點！邵麗麗心裡這麼想著，嘴上就開始幫寧婉出主意怎麼對傅崢好了，總之不管如何，先讓寧婉拍上未來老闆的馬屁，這總沒錯！

兩個人雞同鴨講地聊了半天，寧婉似乎是想起工作，又有些緊張起來：「欸，先不說這些，下週那位大 Par 就要進行選團隊的筆試了，也不知道題目難不難……」

邵麗麗當即拍胸保證：「妳放心吧，寧寧，這次我有預感妳一定能進團隊！」

「我倒是還好，對自己還有點自信，我是擔心傅崢。」寧婉嘆了口氣，「我怕他過不了，他要是沒過，不就又要繼續在社區蹉跎了嗎……」

邵麗麗的嘴角抽了抽：「我覺得妳的擔心大可不必……」

寧婉卻還在擔憂：「我不是和大 Par 一直有郵件聯絡嗎？我今晚再寫封郵件給他，再推推傅崢，雖然年紀有點大起步有點晚，但傅崢業務能力真的很強，而且還能堅守初心……」

「別了吧……」

推薦大 Par 給大 Par 本人，邵麗麗光聽著就覺得有點窒息和尷尬，她努力暗示道：「這同性相斥，過猶不及，妳推太多，人家大 Par 還覺得妳想開後門呢。」

「這麼說也是。」寧婉想了想，「要是傅崢選不上，我再找大 Par 也不遲，實在不行買一送一行不行，只要傅崢沒意見，我願意把我的薪水分一半給他，換他也有機會來大 Par 團隊工作，反正這樣的話，大 Par 對團隊員工支出的薪水總量沒變，還能多一個手下，我看行！」

「……」

邵麗麗心想，我看不行……

——《勸你趁早喜歡我03》完——

高寶書版集團
goboOKs.com.tw

YH 209
勸你趁早喜歡我（03）

作　　者　葉斐然
封面繪圖　單　宇
封面設計　單　宇
責任編輯　楊宜臻
內頁排版　賴姵均
企　　劃　何嘉雯

發 行 人　朱凱蕾
出　　版　英屬維京群島商高寶國際有限公司台灣分公司
　　　　　Global Group Holdings, Ltd.
地　　址　台北市內湖區洲子街88號3樓
網　　址　goboOKs.com.tw
電　　話　(02) 27992788
電　　郵　readers@goboOKs.com.tw（讀者服務部）
傳　　真　出版部(02) 27990909　行銷部 (02) 27993088
郵政劃撥　19394552
戶　　名　英屬維京群島商高寶國際有限公司台灣分公司
發　　行　英屬維京群島商高寶國際有限公司台灣分公司
法律顧問　永然聯合法律事務所
初版日期　2025年07月

原著書名：《勸你趁早喜歡我》由北京晉江原創網絡科技有限公司授權出版。

國家圖書館出版品預行編目(CIP)資料

勸你趁早喜歡我 / 葉斐然著. -- 初版. -- 臺北市：
英屬維京群島商高寶國際有限公司臺灣分公司,
2025.07
　冊；　公分. --

ISBN 978-626-402-298-9(第3冊：平裝)

857.7　　114008130